JN067609

マドンナメイト文庫

超一流のSEX 僕の華麗なセレブ遍歴

竹内けん

目次

contents

超一流のＳＥＸ　僕の華麗なセレブ遍歴

第一章　超有名女子アナとはリムジンでエッチ

「本日は、女優の高力《こうりき》ゆかりさんが来てくださいました」

　東京都千代田区にある伝統と格式のあるホテルの中でも、もっとも豪華なパーティ会場にて、株式会社「ブルーベリーシティ」の創業二十周年の祝賀会が行われていた。

　招かれている客は、当然のように政財界の著名人たちだ。

　司会者の声に応じて、真っ赤なイブニングドレスをまとった女性が登壇する。

　年のころは二十代の後半。肩口ほどのショートヘアの黒髪にパーマがかかり、ワックスで固められている。少々の風で乱れることはないだろう。

　イブニングドレスは細い両肩を大胆にさらし、美しい鎖骨やスラリとした二の腕を惜し気《げ》もなく披露している。

　下半身にまとわりつく巻きスカートの左部分には大胆なスリットが入っており、そこからは細く輝くような美脚が覗き、足下は赤いハイヒールだ。

その姿を見て、会場の男たちは歓声をあげた。

みな初老であり、芸能界に疎《うと》く、特に若い娘などは把握できていない。そんな頭が化石と化した者たちでも、この女優の顔と名前は知っていた。

高力ゆかり。二十七歳。身長は百六十二センチ。体重およびスリーサイズは非公開。子役時代から芸能界にいるばかりか、国民的な美少女として、数々のドラマで主役を張ってきた。いわば芸能界のエースだ。

ドラマで主役を張れる女性は、必ずしも絶世の美女ではない。いわゆる高嶺の花タイプの女性は、男が主役のときのヒロイン役に使われるものだ。

主役を張れる女性は、視聴者が親近感を持ち、自己投影できる普通の少女。それも記憶の中にある自分を、あるいは恋人を無意識に美化させたような存在でなくてはならない。

見る者にそう錯覚させるのが、演技力というものなのだろう。

生で見れば、やはり一般人とはオーラがまるで違った。圧倒的にスタイルがよく、顔などは同じ人類とは思えぬほどに小さい。

着飾れば、誰もが納得する絶世の美女だ。

「忙しいなか、悪いね」

このパーティの主催者である山影耕作《やまかげこうさく》は舞台に上がると、国民的な女優に向かって一礼した。

「わたしはブルーベリーのイメージモデルだから、当然だよ」

花も恥じらう美女は、さえないおっさんに向かってニッコリと完成された笑みを返した。

耕作は、ブルーベリーシティの創業社長だ。

学生時代に起業して、今年四十歳になる。

ゆかりは、ブルーベリーシティのイメージモデルを十年ほど続けてくれており、会社躍進の原動力の一つといえるだろう。

ごく自然に耕作の傍らに立ったゆかりは、右腕を絡めてきた。

耕作の左腕の肘が、さりげなくゆかりの胸元に当たる。決して大きいわけではないが、小さいわけでもない。まさに絶妙な質量を持った美乳だ。

「ヒューヒュー、いいのぉ、役得じゃな」

やっかみの声を聴きつつ耕作は、ゆかりを引き連れて賓客たちに挨拶をして回る。

とはいえ、みな耕作など見向きもせずに、ただひたすらにゆかりの、かわいらしさ、美しさを愛《め》でていた。

一通り挨拶を終えたころ、司会者が声を発する。

「社長の山影より挨拶がございます」

みなが羨む美女の腕をほどいた耕作は、独り壇上に上がる。

観客たちは、どうせ新作の発表だろうと、たいして気にも留めずにいる。

そんななか、耕作はマイクに向かった。

「ブルーベリーシティは、みなさまのご愛顧もありまして、めでたく二十周年を迎えることができました。さらなる飛躍のため、このたび『セールスパワー』との合併を行うことにいたしました」

さすがに観客たちも意表を突かれたようで、雑談をやめて壇上に目を向けた。

「本日をもって、わたくしは『ブルーベリーシティ』の社長を退きますが、今後とも変わらぬご贔屓《ひいき》のほどをお願いいたします」

合併相手の「セールスパワー」は、ブルーベリーシティとは比べ物にならない世界的な大手企業だ。

「つまり、買収されたということじゃな」

戸惑いの空気のなか、だれかの感想が会場内に響く。

買収されたと聞くと、素人はつい悲劇的なことのように思えてしまう。観衆として拍手を送っていたゆかりも、ショックを受けて目を剝いた。しかし、それは彼女が経営に無知だったゆえだ。

それとは違うことを、この場にいる賓客たちはわかっていた。

「いくらで売った？」

客席からのヤジに、耕作は悠然と答える。

「一千億円です」

「うおお……!?」

会場中にどよめきが起こる。

起業家にとって、最高のゴールは自分の会社をニューヨーク証券取引所あたりに上場させることだ。しかし、それは終わりなき戦いの道である。そして、不可能ともいえるほどに、確率の低い茨《いばら》の道だ。

それよりも、大手企業に買収されてしまったほうが、確実に大金が手に入り、大富豪になれる。

会社を起業するのと、永続させるのでは才能が違う。そのため、ある程度軌道に乗ったところで大手に売るというのは、正しい道であるとされている。

国も奨励しており、ほとんど税金がかからない。

そのため、現在の日本で大金持ちになるための、もっとも確実な方法だ。

つまり、耕作は、社長の座を退く代わりに、一千億円をキャッシュで手に入れたことになる。

大手企業の社長につくのは、たいていサラリーマン社長だ。もらえる金額などたかが知れている。

耕作が諦めた創業者社長として上場した場合、たしかに資産こそ莫大だが、その大半は自社株である。まさかそれを手放すわけにはいかない。そのため、自由に使えるキャッシュはそれほど多くないのだ。

また、大企業のオーナー一族というのは、相続税に苦しめられているものだ。

そういった事情を鑑《かんが》みれば、耕作はこの瞬間、日本でもっとも自由に使える現金を持った存在になったといっても過言ではないだろう。

会場は拍手喝采に見舞われ、最初はショックを隠しきれなかったゆかりもまた、どうやらいいことなのだと察して、笑顔で拍手を送った。

＊

会社の引継ぎを終えた耕作が社屋を出ると、お洒落《しやれ》なハンチング帽をかぶり、カーキ色の革のジャケット、中にボーダーラインのシャツ、下半身はよれよれのジーンズの少女が寄ってきた。

耕作の秘書が止めようとしたが、正体を察した耕作がそれを押しとどめる。

そのボーイッシュな少女は、耕作の前に立つと不躾に声をかけてきた。

「山影さん、会社を売っちゃったんだって？」

それは高力ゆかりであった。

芸能人としての変装なのか、それとも、ドラマでいくらでもお洒落な恰好ができる反動なのか、ふだんの彼女は、このようなユニセックスな装いを好む。

社長とイメージガールという関係だが、なんだかんだで十年来の付き合いだ。別れの挨拶のために待っていてくれたのだろう。

耕作は、素直に嬉しかった。

「うん、だから、今日からぼくは無職だよ」

「あはは、働かずに食べていけるなんて、まるで貴族みたいじゃん」

十三歳も年上の男に向かって、ゆかりはまるで長年の友人に接するかのようにフレンドリーに笑った。

「はは、そう言われるとカッコイイね」

ゆかりは、子犬のように耕作の周りを歩く。

「時間が余っているんだったらさ。今度、ぼくのオフの日に、山影さんの持っているっていうプライベートジェット機ってやつに乗せてよ」

「いいよ。いつでも連絡してきな」

耕作とゆかりは、プライベートな連絡先を交換する。

(まぁ、社交辞令というやつだろう)

ブルーベリーシティの社長を辞めたのだから、耕作はもう、ゆかりに仕事を依頼することはない。

そうである以上、ゆかりが自分に媚びを売るメリットもないのだ。

「お仕事応援しているよ。これからも、ゆかりの作品は全部観させてもらう」

「ありがとう。それじゃ、約束だよ」

少しおしゃれな女の子にしかみえない国民的美少女に見送られて、耕作は二十年間、今までの人生のすべてを捧げてきた会社をあとにした。

＊

山影耕作は、気怠《けだる》く寝台から身を起こすと、パジャマのまま誰もいない居間のソファに腰を下ろした。

四十歳、独身、無職。

「はぁ〜、急いで起きる必要もないのか」

それから閑散とした室内を見回す。

（参ったな。なにをしていいかわからん）

耕作は学生時代に起業してから、昨日まで突っ走ってきた。

それが突然、やることがなくなってしまったのだ。

仕事人間であった耕作が、こうも時間を持て余した経験は記憶にない。

とりあえず、観る気もないテレビをつける。

フィギュアスケートの特集をしていた。

艶やかな臙脂《えんじ》色と黒のドレスをまとった美女が、両手を広げてのけ反り、胸元を高く強調しながら、氷上を横に滑走している。

そこから顔を上げると、黒髪をオールバックにした気の強そうな女の顔があらわとなった。

キリリとした風貌は、まるで現代に生きる女騎士のようだ。

肩幅が広くがっちりしており、手足も長くて力強い。特に太腿は太く逞しい。そのカモシカのような脚が、氷を蹴り高々とジャンプ。三回転半の回転を決めて氷を削って着地する。楽々とトリプルアクセルを決めたのだ。

スケートになどまったく興味はないし、造詣《ぞうけい》も深くない耕作だが、彼女の存在ぐらいは知っていた。

「美しすぎるフィギュアスケーターと呼ばれる新田加奈子《にったかなこ》さんです」

女性アナウンサーが興奮気味に紹介している。

「まったく、マスコミというやつは、美人を見つけると、とりあえず『美しすぎる』と付けるものだな」

誰もいない室内で、耕作は独りツッコんでしまった。

とはいえ、そんな陳腐《ちんぷ》な肩書にふさわしい美人だ、と認めるにはやぶさかではない。

観る気もないのに観ていると、現在のフィギュアスケーターの花形的存在ということで、新田加奈子のさまざまな情報が紹介される。

年齢は二十歳で、日本を代表するスポーツ系大学の学生らしい。

「新田さんは、単に美しいだけではなく、実力もたしかで、次回のオリンピックで金メダルに一番近いと言われています。新田さん、調子のほうはいかがですか？」

インタビュアも女性だ。

年のころは三十代といったところか。年齢相応の色気がある。

栗毛色の長髪に、パーマをかけて、化粧もばっちり決まっていた。鮮やかな水色のジャケットに、胸元の開いた白いドレスシャツ。胸部は大きく盛り上がっている。開いた襟元にはダイヤのネックレスが輝く。

下半身はタイトなミニスカートに、ブラウンのパンスト。足下は水色のパンプス。これぞ女子アナウンサーの見本といいたくなるような、知性的で完成された装いだ。

彼女の名前は、半沢冴子《はんざわさえこ》という。

お茶の間の朝の顔といっていい、看板アナウンサーである。

学生時代はミスキャンパスにも選ばれたことがあるらしい。まさに才媛だ。

現在は三十四歳。いまだ独身。

話題のプロ野球選手やプロサッカー選手との噂になったこともあるが、いずれも実らなかったらしい。

なぜ、耕作がそんなことに詳しいかというと、今日、取材を受けることになっていたのだ。そのインタビュアが彼女だという。

取材など煩《わずら》わしいと思ったのだが、時間はあったし、昔、世話になった先輩のたっての頼みであったから断りきれなかった。

「そう言われるのは嬉しいですが、油断はできません。できることを、やるべきことを着実にやっていくだけです」

「さすがです。才能と美貌に恵まれて、そのうえ、努力も怠《おこた》らない。これならオリンピックの金メダルは間違いなしですね。みんなで応援しましょう」

当たり障《さわ》りのないコメントで、ヨイショしている女子アナを横目に、耕作はとりあえず冷蔵庫を漁《あさ》っていた。

＊

「予定の時間よりだいぶ早く着いてしまいましたね」

耕作の雇っているリムジンの運転手が、マイク越しに申し訳なさそうな声をかけてきた。

取材を受けるために、テレビ局にやってきたのだ。

テレビ局のスタッフのほうから、耕作のもとにやってくるという話もあったが、見知らぬ人々を部屋に上げるのも面倒である。

それに今日は、外出する用事もあったので、自宅のマンションの一階で開業している行きつけの美容院に行き、頭髪と髭を整えてもらってから、テレビ局にやってきた。

「まぁ、いいさ。テレビ局に来る機会などそうそうないからね。見学させてもらおう」

テレビ局の重役である先輩にアポを入れると、勝手に入っていいという返事をもらったので、耕作はリムジンを降りて真新しい高層ビルに入っていく。

適当に歩き回ったところで見つけた座席に腰を下ろす。

(いやはや、浮いているな、ぼくは)

芸能人なのか、スタッフなのかは知らないが、みなラフな恰好で忙しく動き回っている。

そんななか、いかにも高級そうなオーダーメイドの背広を着た中年男が、お上《のぼ》りさん丸出しで暇そうに歩いていた。場違いもいいところである。

とりあえず、みんなの邪魔にならないように廊下の隅でおとなしくしていると、とどまることなく流れる人の川を、ひときわ華やかな集団が流れてきた。

肌もあらわな恰好をした美少女たちの軍団が、賑やかな嬌声をあげつつ津波のように移動していく。

おそらく、いま話題のアイドルたちなのだろうが、残念ながら耕作は把握していなかった。

(みんな高校生ぐらいか。学生で働くなどたいしたもんだ)

四十歳にもなると、十代の少女たちの顔はみんな同じように見える。

まるで世界は自分たちを中心に回っていると言わんばかりのキャピキャピとした少女たちを微笑ましい気分で見送っていると、その別世界に生きている煌びやかな蝶々の群れから一羽が離れて、耕作のもとにやってきた。

(青春しているな)

女性にしては背が高い。百七十センチ前後はありそうだ。

黒髪をセミロングにして、肌はうっすら小麦色に日焼けしている。黒目白目ともにキラキラと輝く大きな目に、大きな口といったはっきりした目鼻立ちは、さすがはアイドルと言いたくなる美少女だ。

服装は水夫のようだが、上着の裾が極端に短く、括れた腹部と臍をさらしている。

また下半身は短パンで、のびやかなおみ足を根元から大胆にさらしていた。

「？」

戸惑う耕作の前で、健康的な美少女はモジモジしながら声をかけてきた。

「あの……山影さんですよね」

「あ、はい」

おじさんと呼ばれる年齢になると、若い娘を意味もなく怖く感じるものだ。

耕作はいささか気後《おく》れしながらも、反射的に立ち上がって返事をした。

少女はぱっと笑顔になる。

「あたし、松倉珠理亜《まつくらじゅりあ》といいます。山影さんと同じ高校だったという西村珠理《にしむらじゅり》の娘です」

「え？」

唐突に、思いもかけない名前を言われて、耕作は困惑した。

そして、目の前の少女の顔に、懐かしい顔が重なる。

（そういえば、昔、そんな子もいたな……）

耕作の子供時代、親は転勤族で、一カ所にとどまれず、結果、幼馴染みと呼べるような親しい存在もできなかった。

そんな耕作に向かって、「親は勉強をしなさい。成績さえよければ、虐められることもないし、自然と友だちもできる」と諭《さと》したものである。

それに従った結果、耕作の学業の成績はよく、親友と呼べる存在はできなくとも、みんなに一定の尊敬を持って遇される存在にはなりえた、とは思う。

高校は全国有数の進学校に進んだこともあり、親が配慮してくれたので転校することはなかった。

そこで知り合ったのが、西村珠理だ。高校三年間同じクラスとなり、初めて親しくなった異性だった。

二年生の終わりのバレンタインデイ。生まれて初めて母親以外からチョコレートをもらった。

(いわれてみると、たしかに面影《おもかげ》があるな。いや、そっくりか)

高校時代の知り合いということは、この娘と同じ年齢だ。記憶にある容姿と、目の前の少女が似ていても不思議ではない。

四十歳にもなって、家族もおらず寂しい独り暮らしをしている自分だが、彼女と結婚した未来もあったのかもしれない。そうしたら、今ごろはこんなかわいい娘ができていたのか。

感慨深い気分になっている耕作に、初恋の少女にそっくりな娘は笑いかけてきた。

「山影さんのことは母から聞いていました。極めて親しい友だちだったって」

「あ、ああ……そうだね」

ぎこちなく頷く耕作に、珠理亜は両手を胸の前で組んで、媚びるような視線で見上げてきた
「母が自慢していましたよ。山影さんは学生時代から、とってもかっこよくて頭のいい人だったって」

「はは、どうもありがとう、と伝えておいてください」

お世辞でも悪い気分ではない。

そこから珠理亜は、ためらいがちに口を開く。

「それで……あたし、山影さんのことおじさまと呼んでいいですか？」

「え？　おじ……さま……」

「ええ、ご迷惑ですか？」

涼やかな黒目で耕作の顔を見ながら珠理亜は、甘えるように首を傾《かし》げてくる。

「いや、別にかまわないが……」

「よかった！」

耕作が戸惑いながら了承すると、珠理亜は満面の笑みを浮かべながら、飛び跳ねて喜ぶ。さすがアイドルと感嘆したくなるほどの魅力的な笑顔だ。

（母親よりも、この娘のほうが明らかに策士だな）

母親の知り合いだったというちょっとしたコネを利用して、少しでもファンを獲得。アイドルとして成功してみせるという気概が感じられる。

耕作の記憶にある彼女の母親には、このような逞しさはなかった。

そこに同じアイドルグループの一員だろう。同じような水夫まがいの服装をして、黒い眼鏡をかけた細身の少女が声を張り上げてきた。

「ジュリ〜なにしているの？　リハに遅れるわよ」

「ごめ〜ん、いまいく〜。それじゃまたね。山影のおじさま」

友だち、いや仕事仲間に華やかに応じた珠理亜は、耕作に背を向けると跳ねるように駆けていった。

それを見送った耕作は、椅子に座りなおして、両手で顔を覆う。

「まったく、人生ってやつは続けていると思いもかけないことが起こるな」

忘れていた記憶が、怒濤《どとう》のように押し寄せてくる。

チョコレートをもらって調子に乗った耕作は、放課後、夕陽射す教室で西村珠理のファーストキスを奪った。それのみならず、押し倒してしまったのだ。コンドームの用意もなく、無理やり逸物を押し込まれそうになった彼女は泣いて嫌がった。

しかし、獣欲に支配された高校生の男子には、相手を思いやる余裕もなく、強引にぶち込んだ。そして、あっという間に膣内射精してしまう。

事が終わったあと、夕焼けに染まった教室の床に仰向けになった少女は、股間から血の混じった白濁液を垂れ流しながらシクシクと泣いていた。

それがきっかけで、気まずくなり疎遠となってしまう。高校三年生の間は、同じクラスでありながらほとんど会話すらしていない。

傷ついた彼女と向き合うのが恥ずかしく、耕作は勉強に逃避したのだ。

一年後には互いに違う大学に進学したこともあって、それっきりだった。

(うわ〜、なに考えているんだ。昔のぼく)

思い出したら、いたたまれなくなる青春時代の苦い思い出である。

あまりにも不器用というものだろう。

その後の耕作は、ビジネスチャンスを見つけたことで、起業する夢に燃えた。

事業がドンドン拡大していくのが楽しくて、寝る間も惜しんでひたすら働いたものだ。

そして、四十歳となり、事業拡大の限界を感じたので、手放した。

あとに残ったのは、家族もなにもない。抜け殻の四十男というわけだ。

彼女が結婚したことも、娘を産んだことも知らなかったが、年齢を考えれば当然だろう。

(まぁ、あんなかわいい娘さんがいるんだ。きっと幸せな家庭を営んでいるに違いない。ぼくのような社会不適合者といっしょになった未来よりは、正しい選択だったな)

自分の恥多き人生を思い出して、いたたまれない気分になっていると、水色のジャケットに、ミニスカートという隙のない装いに、栗毛色のパーマのかかった長髪、化粧のばっちり決まった美女が駆け寄ってきた。

「山影さま、こんなところにいらしたのですか。お部屋を用意してお待ちしておりましたのに……」

それは今朝、テレビで観た女子アナの半沢冴子《はんざわさえこ》であった。

ふだん、テレビで目にしている女性を生で見るというのも、なんとも不思議な気分だ。

「約束の時間に早かったからね」

なんとか気分を切り替えた耕作は立ち上がった。

「どうぞ、こちらに」

冴子に案内されて、テレビ局内を移動する。

従う耕作の様子が少し変だと察したのか、東京を一望できるエレベータに乗ったところで冴子は首を傾げて質問してきた。

「どうかなさいましたか？」

昔の女の娘と出会ったことで、自分はまだ動揺していたのだろうか。それを押し隠すために、耕作は見たままのことを口にする。

「いえ、テレビで拝見するより美人だな、と思いましてね」

「おーほっほっほっ、お上手《じょうず》ですわね。ですが、よく言われますわ」

口元に左手の甲をあてがって高笑いした冴子は、ついで茶目っ気たっぷりにウインクしてみせる。

おそらく、このやり取りは彼女にとって日常茶飯事なのだろう。

しかし、そんなさりげない返し一つとっても、さすがは人気キャスター。単に容姿が優れているだけでなく、人間的にも魅力的な女性であることが伝わってくる。

やがて、やたら豪華な応接室に通された。

すでにカメラマンやら、メイク係やら、照明係やらが集まっており、セッティングが終わると、すぐに冴子からの取材が始まった。

「では、軽い質問から。今朝はなにを食べましたか？」

「昨日買っておいたコンビニ弁当を、あなたがフィギュアスケーターの新田加奈子選手をインタビューしている姿を観ながら食べました」

「観てくださったんですね。ありがとうございますって、なに庶民派ぶっているんですか！　山影さんは一千億円を持つ男でしょ。コンビニ弁当なんて食べるはずがないじゃないですか」

耕作の答えを冗談と受け取った冴子は、軽やかに笑い飛ばす。

「コンビニは便利ですからね。それに賞味期限が多少切れていたとしても、レンジでチンすれば美味しく食べられますよ」

「本当にコンビニ弁当……？」

信じられないといった顔で聞き返してくる冴子に、耕作は肩を竦《すく》める。

「独り身ですからね。早くて美味いのが一番です」

「い、一千億円を持った男が、賞味期限切れのコンビニ弁当……。ちょっと頭痛がしてきました。もっと日本の経済のために贅沢をしてください」

「よく言われるんですけどね。なにに使っていいものだか」

実際、身の回りのものに興味がない耕作は苦笑するしかない。

「さて気を取り直して、そろそろ本題です。山影さんはなぜ、会社を売ろうと思われたのですか？　ブルーベリーシティの経営は順調だったと拝察いたしましたが」

「単独でやっていくには、もう頭打ちだったということです。大手の傘下に入ったほうが顧客のためにも、従業員のためにもなると考えました」

もっとも高く売れるタイミングだと判断したから売った。いや、限界だと感じたときから、大企業が買収したくなるように、会社の形態を整えていったのだ。そして、狙いどおり食いつかせた。

「なるほど、それにしても、一千億円とはすごい大金ですよね。羨ましい」

「一千億なんて大した金額ではありませんよ」

耕作の平然とした返答に、場が一瞬、凍りつく。

機知に富んだ知性派美人を気取っていた冴子も血相を変える。

「いっ!?　いやいやいや、とんでもない天文学的な金額ですよ！」

「たしかに私的なお金として見れば大きいように見えますが、実際のところダム一つすら作れないのです。この程度の金額では」

ちなみにダムを一つ造るには、最低でも二千億円以上、大きなダムだと五千億円以上必要だといわれている。

「でも、たいていのものは買えるじゃないですか？」

「いえ、いまの日本でお金というのは、意外と使い勝手が悪いのですよ。世の中、お金で買えないものも多いんです。たとえば選挙でお金は使えないでしょ。使ったら捕まってしまう。犯罪をお金でもみ消せるわけでもない。賄賂としてばらまくこともできません。以前の統計ですが、年収七百万円以上はいくら稼いでも、金銭で感じられる幸福度という点では変わらないものだそうです。それどころか、変に大金を持っていると、どうせ悪いことをしたのだろう、と根拠もなく決めつけられますからね」

「はぁ……？」

年収一千万円はもらっているだろう女子アナは、今一つピンとこなかったようで生返事を返してくる。

「山影さんはこれからなにをするつもりなのですか？」

「そうですね。ぼくは仕事しか取り柄のない人間ですから、またなにか事業を始めようとは思っています。そして、社会のために貢献できるといいですね。しかし、その前にとりあえず、婚活してみようかな」

特に深く考えて答えたわけではない。

ただ、直前に、昔の恋人の娘・松倉珠理亜と出会ったこともあって、なんとなくそんな気分になっていた。

「こ、婚活ですか……？」

「ええ、恥ずかしながらぼくはこの歳で、独身ですからね」

耕作は自嘲しながら肩を竦めた。

瞬きをした冴子は、にこやかに社交辞令で応じる。

「山影さんなら、いい女性《ヒト》がすぐ見つかりますね」

「はは、だといいのですが……それじゃ、そろそろいいですか？」

「はい。本日はお忙しいなか、ご足労いただきありがとうございました」

一時間ほどのインタビューに応じた耕作は席を立った。

おそらく、あとで適当に編集されて、ニュース番組の穴埋めにでも使われるのだろう。

（ぼくの話を聞きたがるような物好きがそうそういるはずもないからな）

とりあえず、珍しい体験ができたことはたしかだ。

取材部屋を出た耕作を、冴子が送ってくれた。その間、適当に雑談する。

「これからどちらに向かわれるのですか？」

「実は、昨日、一千億円を振り込んだという連絡がありましてね。ぼくとしても、こんな金額は初めてです。これから銀行に記帳しにいこうと思っているんですよ」

マスコミなどに身を置くだけあって、好奇心が旺盛だったらしく冴子は身を乗り出す。

「それはすごいですね。同行してもよろしいですか？」

「ええ、別にかまいませんよ。どうぞ」

特に断る理由もなかった耕作は、リムジンに冴子を同乗させる。

腰の沈むようなソファに身を委ねた冴子は、車内を見渡して感嘆の声をあげた。

「センチュリーですね。こんな広い車、初めて乗りました」

広いといっても、公道を走る以上、大きさには限界がある。

迎え合わせに座った耕作は肩を竦めた。

仕事人間であった耕作にとって身の回りのもので贅沢を楽しむという趣味はなかった。しかし、経営者にとって出費は経費である。税金対策のために金を使えと税理士などがうるさいので購入しただけであり、思い入れがまるでない。

冴子は溜め息をつく。

「わたくしなんかが乗っていていいのかって、緊張してしまいます」

「そんなことは言わずにくつろいでください。あ、そうだ。こんなものしかありませんが飲みますか？」

車に備え付けられたクーラーボックスから、耕作はワインのボトルを取り出す。

ラベルに「ロマネコンティ」と書かれていることを、冴子は見逃さなかった。

「運転手付きの車のいい点は、好きなときに酒が飲めるということですよ」

「あ、ありがとうございます」

身を固くしながら冴子は、ワイングラスを両手で受け取った。

緊張した面持《おもも》ちで、一口だけ飲んだ冴子は、陶然とした表情を浮かべる。

「お、美味しい。馥郁《ふくいく》とした香りが口内に広がり、まるで妖精が喜び乱舞しています。地下鉄に乗っていて、同じ車両にいる異性が気になる。だけど声をかけられない感じがします」

「どうやら、半沢さんはワインを飲みなれているようだ」

「すいません。精一杯背伸びさせてもらいました。定型文で恥ずかしいです」

ワインを楽しんでいるうちにリムジンは、銀行の駐車場に止まった。

冴子を車内に残して、耕作は独り車を降りる。店内に入ると、ATMで通帳に記帳した。

(ほぉ、すごい桁だな)

中を一瞥して感心した耕作は、リムジンに戻った。

「お待たせしました」

耕作がソファに座ると、冴子は好奇心を抑えきれない顔で質問してくる。

「通帳を見せてもらえますか?」

「どうぞ」

車内備え付けのマイクで、運転手に出発を命じたあと、耕作は気楽に通帳を手渡した。

通帳を開いた冴子は、食い入るようにのぞき込むと細い指で桁を数える。

「いち、十、百、千、万、十万、百万、一千万、一億、十億、百億、一千……本当に一千億円、いや、一千十億円入っていますよ。十億円多いです」

「うんそうだね。なんのお金だろ?」

「……っ!?」

十億円をはした金扱いする耕作の態度に、冴子は絶句してしまった。

彼女がいままで狙ってきた玉の輿《こし》は、プロ野球選手にも、プロサッカー選手にも、十億円プレーヤーはいなかった。

向かいの席に座る男をまるで怪物を見るかのような顔の冴子は生唾を呑む。そして、震える手で銀行通帳を返してよこす。

「き、貴重なものを見せていただき、あ、ありがとう、ございました。得がたい体験をさせてもらいましたわ」

「いえいえ」

耕作は受け取った銀行通帳を車のボックスにしまう。

「あ、あの……ワイン。もう一杯、いただけますか？　緊張で喉が渇いてしまって」

「これは、失礼。気が利きませんで」

耕作がお代わりを注いでやると、冴子はワインを一息にあおった。

「ふぅ……」

大きく溜め息をついてから冴子は、空となったワイングラスをサイドテーブルに置いた。

「山影さん、婚活されるんですよね」

「ええ、いい相手に巡り合えるといいのですがね」

四十歳で婚活すると、何度も宣言するのはいささか気恥ずかしい。耕作は視線を窓の外に向ける。

ちなみにリムジンの窓はマジックミラーで、車内から野外を見ることはできるが、その逆はできない。

ドス！

気配に驚いて前を向くと、なんと冴子が耕作の腰の左右に、膝を置いて跨《また》がってきていた。

「半沢さん……？」

戸惑い見上げる耕作に向かって、後頭部を天井に着けるようにして前かがみになった冴子は見下ろす。

いくら大きなリムジンでも、日本の道路交通法に従った造りにしなくてはならない。車高制限に引っかかるため、天井を高くすることはできないのだ。

「わたくしでは候補になりませんか？」

「それはどういう意味……!?」

耕作が質問を終えるよりも先に、男に跨って膝立ちとなった冴子は、両手で有無を言わさずに、耕作の顔を挟むと、唇を押しつけてきた。

「う、うむ、うむ……」

あまりといえばあまりの事態に、耕作は呆然とする。

冴子の舌が強引に、耕作の唇を割り、前歯を舐め、そして口内に入ってくる。

女の舌で、男の口内が舐め回された。

「う、ふん、うん……」

冴子は鼻を鳴らし、夢中になって男の唇を貪《むさぼ》った。

やがて満足したらしい冴子は、濃厚なディープキスを終える。

「失礼しました」

バサリと冴子は、甘栗色の頭髪を払う。

お茶の間で人気の知性派美人の両の目が見開かれており、瞳孔がグルグルと渦を巻いているかのようだ。

どうやら、自分の常識をはるかに超えた大金を持った男が目の前におり、しかも、婚活をしようとしているという現実に、理性を失ってしまっているらしい。

「半沢さん、落ち着いて」

「いえ、人生は一期一会《いちごいちえ》。今日、このまま別れてしまっては、もう二度と会う機会はないでしょう」

そう言って冴子は、水色のジャケットを脱ぎ捨てた。

中から白いドレスシャツがあらわとなる。冴子は震える指先で、胸元のボタンを外していく。

浮き出た鎖骨が覗き、さらに水色の高級ブランドのブラジャーに包まれた白い胸元が現れる。

ドレスシャツも脱ぎ捨てた冴子は、両手を背中に回してブラジャーのホックも外す。

プルンと白く大きな乳房が二つまろびでた。それは実に柔らかそうで、最高級のメロンのようだ。

「わたくしはもう三十四歳ですから、いささかとうが立ってしまいました。山影さんのような御方には、物足りないかもしれませんが、毎日ジムに通って、ヨガやエアロビクス、スイミングに励んでいますから、まだまだいけるのではないかと……。お願いします。味見してください」

眼前にある必死な女の乳房を、耕作はしげしげと見つめた。

熟れきった、いまが食べころと言いたくなるような乳肉だった。

若さに任せた美しさではない。金をかけ、節制し、手入れの行き届いた女だけが持つことのできる究極の女性美。それが、この乳房のようだ。

「四十のぼくからすれば、半沢さんは若い娘ですよ。そんなに卑下しないでください」

耕作は、眼前の白い宝石のような乳房を手に取った。

「あん、そう言ってもらえると嬉しいです」

ふわふわの肉だ。極上の霜降り肉。手の温度で溶けるのではないかと思えるほどに柔らかい。

頂《いただき》を飾るピンク色の乳首は、さながら桜の花びらのようだ。

その美しい花弁に向かって、耕作は舌を伸ばした。

下から上へと、ペロリと舐める。

「あん」

甘い嬌声をあげて、冴子はのけ反る。

耕作は両手に持った乳房の頂を飾る二つの乳首を、ペロリペロリと交互に舐めた。

たちまちのうちに二つの乳頭はビンビンに勃起する。

嬉しくなった耕作は、左の乳首を口に含んで強く吸い、右の乳首は指で摘まんで激しくしごいた。

頬を火照らせた冴子は長い腕で、耕作の頭を抱きしめる。

「ああん、ああん、気持ちいい、気持ちいい、気持ちいい……ああ」

嬌声を止めた冴子がぐったりと抱きついてきたところで、耕作は乳首から口を離した。

「……」

もうイッたのか、と無言のままに問われたことを察した冴子は、恥ずかしそうに頭髪を整えながら言い訳する。

「申し訳ありません。わたくし、こういうの久しぶりで……」

「おや、そうなんですか？　半沢さんは、プロ野球選手やプロサッカー選手に色目を使って困る、と先輩に聞いていたのですが……」

「飛江田《ひえだ》専務ですか？　そんな意地悪なことをおっしゃったのは。昔の話です。三十を超えたら、そんな若い子にアタックできませんよ」

冴子がすねた顔をしたので、耕作はいささか慌てる。

「それは失礼しました。しかし、ぼくにとっては三十代の女性は理想ですけどね」

「そ、そう言っていただけると嬉しい」

表情をぱっと輝かせた冴子は、水色のミニスカートを腹巻のようにたくし上げた。中から細く長い太腿、半透明なパンストに包まれた水色のパンティがあらわとなる。

「わたくし、もう我慢できません」

そういって冴子は、パンストとショーツを同時に、太腿の半ばまで下ろした。

ヌラーッ……と粘液が糸を引く。

「ああ、こんなに濡れてしまって恥ずかしい」

いまさらのように羞恥に身もだえる冴子の姿に、耕作は苦笑する。

「ぼくだってほら、こんなになっている」

耕作が、ズボンの中からいきり立つ逸物を露出させると、それを見下ろした冴子は生唾を飲む。

「入れてよろしいですか?」

「ええ、ぜひ。この姿勢では、ぼくのほうから入れられない」

「わかりました。では、失礼して」

耕作の両肩に手を置いた冴子は、両足を耕作の腰の左右のソファに置いて、膝を開いた。

いわゆるM字開脚となって、男のいきり立つ逸物を、自らの濡れそぼる陰唇に添える。

上半身は裸、下半身は腹巻状のミニスカート、パンストとパンティは足首まで下ろした人気キャスターは、初対面の男の腰の上に、ゆっくりと腰を下ろした。

ズボリ……。

柔らかく濡れて、火照った肉洞に逸物は包まれる。

（こ、これは……!?）

耕作にとって、実に二十三年ぶりの女であった。

すっかり忘れていた感触。いや、初体験で泣きわめいていた女子高生とは比べるべくもない極上の膣孔に感じる。

まるで逸物が、甘く溶かされるかのようだ。

手入れが行き届いている女の体は、膣孔の造りまで完璧ということなのだろうか。

肉棒の隅々にまで、襞肉が絡みついてきて、消化されていくように感じる。

そのあまりの気持ちよさに、全身の毛穴が開くかのようだ。

対面座位で男の上に乗った女もまた、陶酔の声をあげる。

「ああ、大きい」

「別に大きくはないでしょ」

「はぁ、はぁ、はぁ……いえ、男の大きさを、おち×ちんを通じて感じるのです。こんなに大きく感じたのは初めてです」

セックスというのは精神的な意味合いも大きい。どうやら冴子は本気で言っているようだ。

「さすがは言葉を商売にしている方だ。うまいことをいいますね」

褒められて悪い気はしない。耕作もまた褒めてやることにした。

「半沢さんのオマ×コも気持ちいいですよ。さすがは一流の女は違いますね。オマ×コも一流だ」

「ああん、わたくしなんて単なる行き遅れです。ですが、気に入ってもらえたのなら嬉しい。わたくしのオマ×コ、思いぞんぶんに楽しんでください」

歓喜した冴子は、自ら腰を使いはじめた。亀頭部が、女の最深部にコリコリと当たる。

(うお、これはまた、犯罪的な腰遣い)

これだけの美貌を誇るのだ。若いころから言い寄る男には不自由していなかったのだろう。実に堂に入った腰遣いだ。

対する耕作の体験は、高校時代に嫌がる少女に無理やり入れただけである。

とてもではないが、太刀打ちできるような相手ではない。

もし耕作が、もう少し若かったら、あっという間に搾り取られて、赤っ恥をかいたことだろう。

しかし、ほとんど童貞同然とはいえ、四十男である。そう簡単に暴発させることはなかった。

「ああ、気持ちいい、こんなの初めて……」

街中を走るリムジンの中で、冴子は踊るように腰を使って楽しんでいる。

(いやはや、まさかこんなことになるとはね……)

日本人なら誰でも知っているのではないか、と思える人気の女子アナである。

耕作としては、畏《おそ》れ多くて口説《くど》こうなどと微塵も考えていなかった。

それなのに、冴子のほうから強引に迫ってきて、自分の上に乗って、緩んだ口唇から涎を垂らしたアへ顔で、腰を振っているのだ。

(白昼夢を見ているようだ)

目の前で躍る二つの豊かな乳房に魅せられた耕作は、再び手に取り、揉みしだいた。

「ああ、いま、それをやられると、ああ、わたくし、もう、もう、あああ!!!」

膣孔がひときわきつく肉棒を吸引してきた。

「くっ」

食虫植物に消化される虫のごとく、肉棒は溶かされていくようだ。

（これは……もう、出る！）

人気の女子アナの体内で、逸物は激しく脈打ち、そして、勢いよく欲望を噴き上げた。

ドビュドビュドビュ……。

膣内射精をされてしまった冴子は、両手で耕作の頭を抱いて、しばし硬直していた。

「ふぅ」

やがて溜め息を一つついて、冴子は男の腰から降りる。

「申し訳ない。ぼくはこういうことにあまり慣れてなくてね」

「いえ、そんなこと、すっごく気持ちよかったです」

軽く頭髪を払った冴子は、耕作の膝の間に身を沈めると、力を失った逸物を口に咥えた。

いわゆるお掃除フェラをしてから、リムジンに備えられていたおしぼりで拭《ぬぐ》ってくれる。

こういう気遣いをしてくるあたり、さすがに男に慣れた女だな、と感心させられた。

そんなことを考えている耕作に、自らも身支度を整えながら冴子は不満そうな視線を向けてくる。

「わたくしのこと、さぞ尻軽女だと思われたでしょうね」

「まさか……」

まさにそう思っていたのだが、まさにそのとおりだ、と認めるわけにもいかない。

冴子は諦めたように苦く笑う。

「いいんですよ。わたくしも、そう思われても仕方ないことをしてしまったという自覚はあるのですから。ですが、信じてもらえないかもしれませんが、初対面の方とこのような関係になったのは、初めてですわ」

そのときリムジンが停まった。

テレビ局に戻ってきたのだ。

耕作のネクタイを整えた冴子は、車内であったことなど露ほども感じさせない態度で独り車から降りる。

「わたくしが山影さんに惚れたというのはウソではありませんから、いつでも呼んでください。テレビの収録のとき以外でしたら、喜んで駆けつけますわ」

人気の女子アナは、颯爽《さっそう》とテレビ局に戻っていった。

第二章　清純派女優の処女はプライベートジェットで奪う

「はぁ、はぁ、はぁ……お待たせしてしまったかしら？」

テレビ局にほど近いホテルの最上階のスイートルームを貸し切った山影耕作が、独り読書をしていると、ドルチェ＆ガッバーナのお洒落《しやれ》なサングラスをかけた女が、息を切らせて駆け込んできた。

若草色のジャケットに、ミニスカートという装いは、先ほど半沢冴子が報道番組に出演していたときと同じである。

どうやら、テレビ撮影が終わると着替えもせずに駆けつけてくれたらしい。

「いえ、そんなに急いできてくれることはなかったんですよ」

「だって、せっかくの山影さんのお誘いですのよ。一分一秒でも早くお会いしたいじゃないですか？」

サングラスを外した冴子は、ばっちり化粧の決まった顔をさらして茶目っ気《け》たっぷりに笑う。

ほんの少し前まで、液晶画面の向こう側で真面目な顔をしてコメントしていた女に、目の前でこんなにも表情豊かに振舞われると、それだけで男は悩殺されるだろう。

「そう言ってもらえると嬉しいですね。とりあえず、これでも飲んで落ち着いてください」

息を切らせている女に、耕作は自分が飲もうと用意していたウイスキーグラスを差し出した。

「ありがとうございます」

両手でグラスを受け取った冴子は、黒貂のソファに腰を掛けてからグラスを傾け、琥珀色の液体を喉に流し込んだ。

「ああ、美味しい」

仕事上がりの一杯を堪能した冴子は、窓越しに夜景を見て恍惚と溜め息をつく。

「よい眺めですわね。わたくしのためにこんなにいい部屋を取ってくださるだなんて、感謝の言葉もありませんわ」

「半沢さんを誘うのに、これぐらいの部屋を用意しないと失礼でしょ」

実は今夜、冴子を誘うにあたって、耕作はかなり不安であったのだ。

なにせこの二十年、仕事以外のことに頭を使わなかった朴念仁《ぼくねんじん》である。女の誘い方に自信がない。

特に冴子のような女を誘うのに、まさか映画や遊園地やカラオケといった若者のデートスポットに連れていくわけにもいかないだろう。だからといって、温泉旅館に誘うのも時期尚早に感じる。

いろいろ考えた結果、ホテルでの待ち合わせとしたのだが、欲望が丸出しすぎて、情緒がないと嫌われるかもしれない。

しかし、冴子が本当に嬉しそうな態度を取ってくれていることに、胸を撫で下ろした。

「あは、そんなふうに持ち上げられたら、わたくし、舞い上がってしまいますわ」

カランと氷を鳴らして空になったグラスをテーブルに置いた冴子は、ソファから改めて立ち上がった。そして、ジャケットとブラウスとミニスカートをいそいそと脱ぎはじめる。

「お————っ!?」

耕作は思わず感嘆の声をあげてしまう。

女子アナの制服のような衣装の下から、深紅《しんく》の下着姿があらわとなったのだ。

それだけでセクシーなのに、ブラジャーのカップがない。白く大きな乳房を下から支えているだけで、ほとんど丸出しだった。

下半身は太腿までの半透明のストッキング。それを赤いガーターベルトで吊るしている。

その上から穿かれた赤いパンティは、左右の腰骨あたりで蝶々結びにされた紐パン。しかもクロッチ部分はスケスケで豊かな陰毛が覗く。

これは男の目を楽しませるための下着。いわゆるセクシーランジェリーと言われる代物である。

「うふふ、男の人ってこういう下着好きですよね。山影さんも例外ではなかったようで」

耕作が目を丸くしていることに満足そうに笑った冴子は、体を横に向けて腹部の薄さを強調しながら豊満な尻を突き出してみせる。

さらに両手で甘栗色の髪をかき上げるようにして、腋窩《えきか》をさらすセクシーポーズを取ってみせた。

ほどよい肉づきと柔らかさは、小娘には出すことの叶わぬ匂い立つような色気となっている。女として最盛期であることを誰もが認めるような、まさにパーフェクトボディだ。

おそらく、彼女のこの裸体を手に入れられるというのなら、彼女を模した黄金像を差し出すことすら厭わぬ好事家《こうずか》がいくらでもいることだろう。

そんな蠱惑《こわく》的な下着姿に魅せられた耕作であったが、同時にいささか呆れた。

「そんな下着でテレビに出ていたんですか？」

「だって、せっかく今夜は山影さんと逢瀬《おうせ》ですのに、着替える時間が惜しいでしょ。夜は短いのですわよ」

そう言ってセクシーランジェリー美女は山影に抱きつき、そのままベッドに押し倒してきた。

「おっと、まったく仕方のない方だ」

たとえ打算があろうと、自分の気をひこうと、彼女なりの精一杯の努力をしてくれているのは嬉しい。

仰向けになった耕作は、冴子の細い腰を抱きしめた。

「うふふ、思いっきり楽しみましょう」

妖艶に笑った冴子は、耕作の頭を両手で挟むと唇を重ねてきた。

「う、うむ、うむ」

柔らかい唇がこすりつけられ、中から酒に濡れた舌が出てくる。それに応えて耕作も舌を差し出し、二人は積極的に舌を絡めた。

甘い香水の薫りが、耕作の鼻から胸いっぱい、いや、全身にいきわたるようだ。

濃厚な接吻をしながら冴子は手早く耕作のネクタイを解《ほど》き、ワイシャツのボタンを外す。

「わたくし、こう見えて尽くす女ですのよ」

接吻を終えた冴子は、耕作の首回りにネッキングする。さらに男の二の腕を上げさせると、腋の下に顔を突っ込みクンクンと匂いを嗅ぎ、舌を這わせてきた。

「あ、こら……くすぐったい」

思わず耕作が笑ってしまうと、冴子はさらに胸板に頬ずりをし、男の乳首を舐めてくる。

「あ」

乳首を舐められて、耕作はブルッと震えてしまった。

「うふふ、ふだん気取っている男が、感じている表情はセクシーですわね」

悪戯っぽく笑った冴子は、男の乳首をペロペロと舐める。これではどちらが男で、どちらが女かわからない。

男として、乳首を舐められて感じているると認めてしまうのは、いささか気恥ずかしく思えた耕作は、必死にポーカーフェイスを保つ努力をする。

やがて満足したらしい冴子の赤い唇は下半身におりていき、男のベルトを解き、ズボンと下着を引き下ろす。

ぶるんっと跳ね上がった逸物を、冴子は愛しげに両手に包む。

「いつ見ても素敵なおち×ちん」

耕作の両足の間に身を入れた冴子は、恍惚とした笑みを浮かべて、赤い口紅の塗られた口唇を大きく開いた。そして、男根をぱくりと口内に呑み込む。

「う、うん、うむ……ジュル、ジュルジュル……」

口いっぱいに男根を頬張った冴子は、耕作の顔に視線を向けながら肉棒を啜り、頭を上下させる。

日本中に知られた知的美人の代表のような女性が頬をすぼめて、豪快に肉棒を啜っているのだ。

今度こそ我慢できずに、耕作は歓喜の声をあげてしまった。

「おお……」

実はフェラチオをされたのは、耕作の人生で初めての体験であった。

なにせ二十数年前の初体験のときは、ただ痛がる処女娘にぶち込んだだけなのだ。

先日、リムジンの中で冴子と体験したときは、強引に押しきられて座位で挿入、射精したあとにお掃除フェラをされただけである。

(くっ、やはり事後に咥えられるのとはまったく違うな)

もし耕作が、もう十年若ければ、極上の美女の練達した口戯にさらされて、瞬殺されてしまっていたことだろう。しかし、四十男である。なんとか耐えながら口を開く。

「半沢さん、お尻をこちらに」

両手で肉棒の根元を握りながら、いったん口を離した冴子がすねた表情で応じる。

「冴子と呼んでくれないと嫌ですわ」

苦笑した耕作は言いなおす。

「冴子、お尻をこちらに。ぼくの顔を跨ってください」

「はい。承知しましたわ」

嬉しそうに頷いた冴子は、肉棒を手にしたまま体を時計回りに半回転させて、赤いガーターベルトに包まれた両膝を耕作の頭の左右に置いた。

結果、耕作の視界にはスケスケの煽情的なパンティに包まれた冴子の股間がくる。

豊富な陰毛が見える布の一部は、失禁したかのように濡れていた。

「うわ、この光景はたまりませんね」

生唾を飲んだ耕作は、極上の媚肉をラッピングしている薄布の紐に手をかける。

「この紐を引けばいいのですか？」

「ええ、お願いします」

瓢簞《ひょうたん》のように膨らんだ臀部の左右で結ばれた赤い薄布の紐を、耕作は同時に引いた。

スルスルと結び目が解ける。そして、羽衣《はごろも》のようなパンティが耕作の顔にかかった。

それを枕元に置いてから、改めて顔上の光景を見上げる。

美女の陰阜はしとどに濡れて、豊かな陰毛はふわふわと逆立っていた。

実に美しい。大人の女として、陰毛の手入れにまで隙がない。その向こうに見える肉裂は半開きとなってうねうねと動いていた。最上級の女であることを、陰阜からも主張しているかのようだ。

大きな白い尻は、日ごろのエクササイズの賜物《たまもの》だろう。突き立ての御餅のようであり、実においしそうだ。

その谷間には、薄紅色の肛門も見ることができる。

耕作は両手を伸ばすと、陰毛をかき分けて、左右の親指を肉裂の左右に置いた。そしてメラリと開く。

トロ、トロトロ……。

肉裂から溢れた蜜が、耕作の顔にかかる。

「ああ、ごめんなさい。わたくし、濡れすぎで……」

「いえいえ、いい女はよく濡れるものですよ」

適当なことを口走りながら、耕作は陰唇の中身を興味深く観察した。

赤褐色の媚肉から、大きめのクリトリスが飛び出し、膣孔が物欲しそうにピクピクと開閉しつつ、潮を溢れさせている。

熟女の女性器を、アワビというらしいが、まさにそう喩《たと》えるに相応《ふさわ》しい高級食材だ。

その極上の女肉に魅せられた耕作は、両手で白い尻肉を摑んで降ろさせた。

そして、潮を滴らせている極上アワビに舌を入れる。

「ああ、ああ〜〜……」

肉棒にとりついていた冴子が、背中をのけ反らせて感嘆の声をあげる。

磯の香が口内に広がった。

(ああ、なんて美味なんだ。昔、どこかで金持ちの老人が、若い娘の愛液を飲むこと

で、若さを保っているという艶笑譚《えんしょうたん》を聞いたことがあるが、その気持ちがわかるな）

不老長寿の霊薬にすら思える極上アワビに、耕作は舌鼓《したつづみ》を打つ。

冴子も負けじと肉棒を口に含み、啜ってくる。

いわゆる女性上位のシックスナインだ。

耕作は女性器を舐めたのが初めてなだけに、夢中になって舌を動かしてしまった。

「ああ、そんな激しく啜られては、ああ、恥ずかしい。でも、ああ、気持ちいいですわ。ああ、わたくしも、負けていられませんわね。こういうのはいかがかしら？」

経験豊富な美女は、飢えた狼に貪られながらも巧みにいなし、豊麗な乳房の間に逸物を挟んできた。

「うおお」

温かい極上の美肉に、肉棒を包まれた耕作は、驚きの声をあげてしまった。

「うふふ、わたくしのおっぱい、気に入ってくれたようで、ようございましたわ」

妖女のように笑った冴子は、胸の谷間から飛び出した亀頭部をペロペロと舐める。

年齢は耕作のほうが上だが、寝台上の経験は冴子のほうが上ということだろう。耕作はたちまちのうちに追いつめられてしまった。

「くっ」

射精しようとしたとき、冴子はさっと逸物から上体を起こした。

「っ!?」

驚く耕作に、妖艶な笑みを向けながら冴子は身を起こす。

「出すのはお待ちになって……。最初の濃いものは、下の口で味わいたいですわ」

耕作は四十男である。無限の性欲のある十代とは違う。一度出したら、今夜は終わりということになりかねない。

冴子はそのことを知って待ったをかけたのだ。

興奮のあまりのその可能性を失念していた耕作は、苦笑して促《うなが》す。

「どうぞ」

「では、遠慮なくちょうだいしますわ」

前回のリムジンのときと同じく、冴子のほうから耕作の腰に跨り、肉棒を自らの陰唇にあてがった。そして、味わいつくそうとするかのようにゆっくりと飲み込んでいく。

「ああ、山影さんのおち×ちん、やっぱり大きい」

根元までずっぽりと呑み込んだ冴子は、身をのけ反らせて実に気持ちよさそうに溜め息をつく。

大人の女の社交辞令だろうが、喜んでもらえるのはやはり嬉しい。

腰を緩やかにくねらせながら眼下の男を見下ろした冴子は、卑猥に舌なめずりをしてみせた。

「わたくし、実は性欲が強いほうなんです」

「ですよね。知っていました」

耕作のからかいに、冴子は軽く頬を膨らませる。

「もういけず。なら、わかっていますわね。わたくしが満足するまで、出したら嫌ですわよ」

開き直った冴子は、男に跨ったまま結合部を見せつけるようにM字開脚になると豪快に腰を動かしはじめた。

濡れてトロトロの媚肉の中で、肉棒が上下左右に振り回される。

「あん、あん、あん、あん、あん」

気持ちよさそうに喘ぎ声をあげながら、豊麗な白い乳房が、ぶるんぶるんと縦揺れを起こす。

その腰遣いは決して自分勝手な動きではなく、耕作の表情を見て楽しませようと努力しているのが伝わってくる。

実際、耕作の視界に映る冴子の裸体は見応えがあった。

魅せられた耕作は両手を伸ばし、魅惑的に躍る双房を鷲摑みにする。その手を冴子が摑んだ。

「あん、わたくし、おち×ちんを入れられた状態で、乳首を弄《いじ》られるの弱いんです」

「なるほど、こうされたいんですね」

冴子の願望どおり、耕作は両の乳首を摘まんで、コリコリとしごいてやる。

「あん、意地悪。そんなことされたら、わたくし、イク、イッてしまいますわ」

意地悪もなにも、冴子が誘導していることは明らかだ。

腰を踊るように振るう女の乳房を両手で揉みながら、耕作は内心で舌を巻く。

(いやはや、冴子とのセックスは楽しいな。こういうのをいい女というのでしょうね)

ふだんは知的で、機知に富んだ明るい女。それがいったん服を脱いだら、セクシーダイナマイトの肉体を誇る、淫乱美女。

男にとって、理想的な女性像の一つであろう。

(よくもまぁ、売れ残っていてくれたものだ。彼女を選ばなかったプロ野球選手やプロサッカー選手は見る目がないな。どうやら彼女のほうはその気のようだし、このま

ま結婚を申し込むのも悪くないか）

射精欲求に耐えながら、彼女を口説き落とそうと考えていると、ふいに耕作のスマホが鳴りだした。

耕作のスマホの電話番号を知っている者は少ない。今夜は連絡するなと秘書には伝えてある。

なにかただ事ではないことが起こったのだろうか。

冴子が腰の動きを止めてくれたので、耕作は乳房から手を離してサイドテーブルに置かれていたスマホに手を伸ばす。

「っ!?」

液晶画面に表示された名前を見て、ぎょっとした。

「高力ゆかり」とあったのだ。

たしかにプライベートな連絡先を交換したが、まさか本当にかかってくるとは思っていなかった。

慌てて通話ボタンを押す。

「やっほ〜、山影さん、いまいい？」

国民的女優の陽気な声が聞こえてくる。

「ええ、ゆかり、どうかしたのかい？」

「三日間オフができたから、遊びにいこうよ。ぼく、ブロードウェイの舞台を観にいきたいんだ。山影さんのプライベートジェット機で送ってくれない」

「いいよ」

耕作はスケジュールの確認もせずに了解した。

ゆかりの願いを断るなどという選択肢を、日本人男子が選べるはずがない。

「やったー」

ゆかりは無邪気に喜んでいる。

翌日、成田空港のＶＩＰラウンジで会うことを約束した耕作が通信を切ると、いまだ騎乗位であった冴子が不審そうに質問してきた。

「ゆかりって、まさか高力ゆかり？」

「はい。友だちなんです」

耕作が悪びれずに応じると、冴子の眉が急角度で吊り上がった。

「へぇ〜、お・と・も・だ・ち・ね」

ギュッと膣洞が、肉棒を絞め殺さんとするかのように締めてくる。

膝を開き、蟹股になると、先ほどよりいっそう激しく腰を振り出した。

パン！　パン！　パン！　パン！

まるで逸物を叩き潰そうとするかのような、釘打ちピストン運動だ。

「うおっ！　なに嫉妬しているんですか？　あのゆかりがぼくなんかを相手にするはずがないでしょ」

「そうかしら？　高力ゆかりといえども女よ」

冴子は憤懣《ふんまん》やるかたないといった態度で、腰を鬼のようにふるってくる。

（これは、ヤバイ……滅茶苦茶気持ちいい、搾り取られる）

極上美女の繰り出す荒腰に耐えられず、耕作は無様に射精してしまった。

「うお」

ドビュユユユユ!!!

噴き出した精液が、女の膣内で溢れかえる。

「ふぅ、気持ちよかったですよ、って!?」

満足した耕作は、冴子を労《ねぎら》おうとしたが、淫乱痴女の荒腰は止まらなかった。

射精して小さくなったはずの逸物をぎゅっと締め上げながら、強引に腰を振るい、無理やり再勃起させる。

「ちょ、ちょっと、冴子、なにを……」

「若い女と遊ぶんですもの。まだまだ元気でしょ？」

皮肉っぽく笑った冴子の鬼のような腰遣いはいちだんと激しくなり、その夜、耕作は四十歳にして腹上死の危険を感じた。

＊

「今年度のアイドル図鑑か……」

成田空港のＶＩＰラウンジで高力ゆかりを待っている間、耕作は暇つぶしに適当な雑誌を物色していた。

今までアイドルになどまったく興味のなかった耕作だが、偶然見つけた本から先日、テレビ局で出会い、おじさまと呼ばせてくれと言ってきた、初恋というにはあまりにも苦い別れをした女の娘のことを思い出したのだ。

「たしか、松倉珠理亜といったか……」

気紛れを起こした耕作は、ラウンジにて珈琲を飲みながら、分厚いアイドル辞典をめくる。

とにかく膨大な人数だ。

東京、大阪、名古屋、博多、仙台、果ては外国にまで支部があり、それぞれ五十人近いメンバーが所属している。さらにその補欠として「妹」と呼ばれる存在まであるらしい。

東京のテレビ局で出会ったのだから、おそらく東京のグループだろうとあたりを付けて「二見坂《ふたみざか》47」というグループを探してみると、いた。

どうやら、この五十人近いグループ内は、さらにチームと呼ばれるグループに細分化されているらしい。

珠理亜は、「チームM」なる三人組の女子高生ユニットのリーダーをしていた。

(かなりの美人だとは思うが、この人数の中から勝ち抜くのは至難の技だな)

芸能人としてゆかりがエリートだとしたら、この子たちは雑草だ。

この中から売れっ子として、お茶の間に知られるようになるのは、ほんの一握りであろう。

まさに修羅《しゅら》の道である。

ちなみにゆかりは子役からのスタートだ。中学生のときにスカウトされ、大手芸能事務所主催の美少女グランプリで優勝。デビューと同時に映画の主演を果たした。

売れっ子だったからこそ耕作は、高校生の彼女に自社のイメージガールをお願いしったらしい。

とはいえ、エリートにはエリートの苦労があるもので、ゆかりの高校生活は大変だったらしい。

とにかく、仕事が休みなくやってくるのだ。

事務所としても、いまが旬。また、名前がお茶の間の浸透することが、将来の糧《かて》になると判断して使いまくった。

おかげで勉強時間はおろか、寝る時間も満足に取れず、当然、学校の成績は壊滅的。

それどころか、出席日数が足りずに留年を繰り返した。

最後の年は、せめて卒業だけはさせてやろうという事務所の配慮で、とにかく仕事が終わると、強引に学校に連れていき、出席日数を稼いだ。

耕作も協力を要請されて、仕事が終わったゆかりをリムジンで眠らせてやりながら、学校に運んでやったことがある。

(懐かしいな。もうかれこれ七、八年前の話か)

感慨にふけっていると、かつての女子高生が姿を現した。

「お待たせ」

二十七歳となったゆかりだが、童顔で、体も細いせいもあって、いまだに女子高生役も違和感なくこなしている。

服装は相変わらずチーク帽に、革ジャン、よれよれのジーンズというユニセックスな装いだった。

このような恰好をされたら、正体を見抜ける者は少ないだろう。

まして、VIPラウンジにいるような客は、たいてい中高年から初老のオジサンたちだ。若い娘はみんな同じに見えるにちがいない。

「それじゃ行こうか？」

「うん」

耕作が立ち上がると、ゆかりはごく当たり前に耕作の左腕に抱きついてきた。

傍目《はため》には、金持ちのオジサンが、若い娘と不倫旅行に行こうとしているように見えたかもしれない。

耕作とゆかりは、動く歩道に乗ってプライベートジェット機専用の搭乗口に向かう。

「あれ？」

ふいに階下の一般搭乗口を見下ろしたゆかりが驚きの声をあげた。

「どうしたんだい？」

「ほら、あそこ。あそこにいるのって、新田加奈子さんじゃない。フィギュアスケーターの」

言われて耕作も見下ろしてみる。

そこには日本代表のジャージに、ニット帽をかぶった女性がいた。

マスコミがこぞって、「美しすぎるフィギュアスケーター」と持ち上げる、オリンピックの最有力金メダル候補だ。

まわりにマスコミの姿もあって、たえずフラッシュが焚かれている。

「どうやら、そうみたいだね」

「うわ、すご〜い、生で新田加奈子を見ちゃった。外国の試合に行くところなのかな？」

ゆかりは跳ねるようにして喜んでいる。

自分自身がスーパースターのゆかりだが、別世界のスーパースターを見られて嬉しいらしい。

「そういえば、ゆかりも踊りをやるよね」

ダンスが得意というのは、ゆかりの売りの一つらしく、ドラマ内やエンディングなどでよく踊っているさまを見かける。

「うん、ぼくも踊りをやるからわかるんだけど、新田さんの動きってほんとすごいよ。

ジャンプしたときなんて、本当に背中に翼があるみたいに見えるんだ」

「そっか」

残念ながら踊りにまったく造詣の深くない耕作には、新田加奈子のすごさはわからないが、ゆかりがここまで言うのだから、すごいのだろう。

思わぬ出会いに興奮しながらも、やがて二人は耕作が所持するジェット機に乗る。

「うわ〜、これがプライベートジェット機ってやつか。ねぇ、下世話な質問なんだけど、これっていくらぐらいするの？」

「三十億ぐらいだったと思うよ」

「すっご〜い、やっぱり山影さんってお金持ちなんだねぇ〜」

素直に感嘆されて、耕作は苦笑する。

「山影さんは、いつもこれで移動しているの？」

「いや、せいぜい月に一度か二度だよ」

「たったそれだけ……。そのために三十億円っ!?」

ゆかりは目を丸くする。耕作は手のひらを上に向けて肩を竦めた。

「日本国内じゃ交通網が整備されているからね。そもそも自家用ジェット機を使う意味がそうないんだよ」

一週間で世界の都市を巡るなら、一日から三日短縮させることができるとも言われているが、日本国内では利点を活かせない。

それでも世のセレブたちが、自家用ジェット機を買う理由は、時間を手に入れるためである。

たとえ三十分でも短縮できるならば、三十億円を払う価値があると考えられる人が買うのだ。

そのため一般機の搭乗よりも、手続きは簡素である。

これを利用して某自動車会社の元社長が、執行猶予中にもかかわらず逃亡したことで有名になった。

直後は法改正すべきだ、という声も上がったが、結局、うやむやとなったのは、自家用ジェット機の唯一にして最大のメリットを潰すことになるからだ。

そんなことをしたら、世界中の富豪が日本にきて、金を落としてくれなくなる。

「なるほどね〜」

わかっているのかいないのか、ゆかりは感心顔で飛行機内を見て回る。

「まぁ、なんにせよ。ゆかりが使いたいと言ってくれただけでも、このジェット機を買った甲斐があったよ」

「そっか」

東京からニューヨークまで直行で約十三時間だ。

寝て過ごすには、いささか長い。そこで耕作とゆかりは、テレビゲームをすることにした。

「くらぇ！　ゆかりパーンチ！」

「うわ、やられた。ゆかりは強いな」

対戦格闘ゲームの戦績は、ゆかりの圧勝だった。

ゆかりが強いというよりも、耕作が弱すぎたのだろう。なにせ耕作は、ほとんど初めてコントローラーを持ったのだ。

ニューヨークに着くと、現地で手配したリムジンでマンハッタンを通り、ロックフェラーセンターを横目に見ながらブロードウェイにいき、ゆかりの見たがっていた舞台を見学する。

「あはは、やっぱり英語なんだね。ぼく頭悪いから、台詞の意味はぜんぜんわからなかったけど、それでも観ているだけで内容がわかるってすごいよね」

ゆかりは照れ笑いを浮かべて舌を出した。

それから、耕作が急遽借りたゲストハウスに向かう。

「うわ、お城みたい」

ゆかりは感嘆の声をあげる。

食事は、シェフに来てもらい、目の前で料理をしてもらった。

アワビやフカヒレ、トリュフなど高級食材を使った料理の品々が次々と出てきて、ゆかりは目を見張る。

「すごいね。これがセレブの生活ってやつなんだ」

「いや、ゆかりといっしょだから奮発してみただけだよ」

なにせ耕作は無趣味な男である。自分一人なら、コンビニ弁当で十分なのだ。

出された料理を、ゆかりはいちいち歓声をあげて、大喜びで食べてくれた。

「もう、おなかいっぱい」

食事を終えたあとは、屋敷に備え付けられていたプライベートビーチで、ゆったりとくつろぐ。

ゆかりは、ゼブラ模様のビキニ水着となった。

(高力ゆかりの水着姿を独り占めとはなんとも贅沢だな)

食後のコーヒーを飲みながら耕作が、まったりと見学していると、プールに入っていたゆかりに水をかけられた。

「ほら、山影さんもいっしょに遊ぼうよ」

「ああ、やったな」

四十男が童心に戻って、二十七歳の美女とプライベートプールで水をかけ合う。

こうやって、ゆかりは三日間のオフを思う存分に堪能した。

疲れきったゆかりと耕作は、帰りの自家用ジェット機内では寝て過ごすことにする。

ふいに耕作の寝台に、黒いランニングシャツに薄黄色の短パンという姿のゆかりが野良猫のように潜り込んできた。

「どうしたんだい？　怖い夢でも見たのか」

「もう、ぼくのこと子供扱いして」

不満そうな声を出したゆかりは、戸惑う耕作の右横で、頬杖を突きながら質問してくる。

「ねぇ、山影さんって、なんでぼくによくしてくれるの？」

「それはブルーベリーシティを共に盛り上げていく戦友だったからかな」

「でも、今は違うよね」

ゆかりの指摘に、耕作は言葉に詰まる。

その顔を見ながら、ゆかりは悪戯っぽく笑う。

「ぼくのことを女として、口説《くど》きたいからじゃないの？」

「まさか……国民的な美人女優を口説く勇気はぼくにはないよ」

耕作の返答に、ゆかりは子供のように頬を膨らませる。

「国民的な女優だろうとなんだろうと、ぼくは女だよ。今回の旅行、ぼくは山影さんといっぱいエッチする覚悟できたのに、ぜんぜん手を出してくれないんだもん」

「こらこら、大人をからかうものじゃない」

「山影さんの中では、ぼくっていつまでも子供なんだよね。もう二十七歳なんだけど……」

身を起こし、シーツの上で女の子座りとなったゆかりは、タンクトップを腹部からたくし上げ、そして脱ぎ捨てた。

ブラジャーはつけておらず、いきなり生乳が姿を現す。

「っ!?」

耕作は目を見張った。

大きすぎず、小さすぎない。形がよくて、まるで桃の実のようで、齧《かじ》りついたら甘い果汁が溢れてきそうな乳房である。

「うふふ」

男の視線を楽しみつつゆかりは、さらに細く健康的な両足を前に投げ出すと、ホットパンツと白いショーツを同時に下ろした。

ゆかりの股間があらわとなる。

黒い陰毛は、指二本程度に刈り込まれていた。いわゆるツーフィンガーと呼ばれる形である。写真集などを出すこともあって、陰毛の手入れは欠かせないのだろう。

素っ裸となった国民的美少女は、猫のように四つん這いになると、耕作の首に腕を回してきた。

「ねぇ、山影さん、婚活しているんでしょ。なら、ぼくともエッチして、試してみない？」

「清純派女優がそんなこと言っていいのかな」

耕作の返答に、ゆかりは頬を膨らませる。

「ぼくはもう二十代後半だよ。いいかげん清純派って歳でもないよね。ぼくは言われるとおりに動くお人形だけど、たまらなくエッチな気分になる日はあるよ」

「それは……」

当たり前とはいえば、当たり前である。しかし、国民的な女優というフィルターがかかったゆかりに、そう言われてもなかなか信じがたいものがある。

戸惑う耕作に向かって、ゆかりははにかむように囁《ささや》いた。

「今回の旅の目的は、山影さんに大人の女にしてもらうことだったんだ」

「えっ⁉」

「それなのに、ぜんぜん手を出してくれないし。だから強硬手段。お願い、ぼくを山影さんの手で大人の女にして」

絶世の美女に裸で詰め寄られて、耕作は冷や汗を流す。

「いや、しかし、ぼくとキミの年齢差を考えると……」

「ぼくは二十七歳で、山影さんは四十歳でしょ。十三歳ぐらいの年の差なんて、たいした問題じゃないじゃん」

目の前でかわいらしく首を傾げられた耕作は、なにかが焼き切れたのを感じた。

「キミがそう思うのなら、それでいいよ」

湧き出る激情のままにゆかりの裸体を抱き寄せた耕作は、そのサクランボのような唇を奪った。

耕作は右肩を、ゆかりは左肩を下にして抱き合う。

「うっ、うん」

耕作に唇を奪われたゆかりは、一瞬、目を見開いたあと、目を閉じた。

（うわ、ぼく、あの高力ゆかりと接吻しているよ）

言いようのない感動が、耕作の全身を貫く。

子役時代から女優として王道を歩んできた高力ゆかり。その名を知らぬ者は、日本中にいないだろう。

清純派を売りにしていただけに、キスシーンすらＮＧだった。

そんな女性と、プライベートで接吻しているのである。たいていの男は平静でいられないだろう。

唇を合わせているだけでは満足できず、ゆかりのつるつるの唇を舐め、そして、桜花のような唇を割って、小さな真珠のような前歯を舐める。そして、口腔にまで舌を入れた。

「うむ、うむ、うむ」

小鼻をヒクつかせたゆかりは、積極的に男の舌を迎え入れ、自らの舌を絡めてきた。

（これが、ゆかりの舌か、なんという美味）

特に変わった味がするわけではないのだが、あの高力ゆかりの唾液と舌である。その特別感が、男を焚きつける。

頭の中が真っ白になるほどに興奮した耕作は、夢中になって味わった。

ゆかりの口角から涎が溢れ、細い顎まで濡らす。

やがて満足した耕作は、ようやく唇を離した。

「ふぅ〜」

ゆかりは大きく深呼吸をしながら、右手の甲で口元を拭《ぬぐ》った。

「これがキスなんだ……」

「キスも初めてなのか？」

「軽いキスなら何回かあるよ。でも、こういう濃厚なのは初めて」

ゆかりは照れくさそうに告白する。

「そっか」

「山影さん、ぼく、こういうのは初めてだから、その……全部、お任せしていい？」

「ああ、任されましょう」

大人の男として、若い娘に快楽を教えてやりたい。そんな欲求に支配された耕作は、ゆかりの背後から抱きしめた。

そして、腋の下から両腕を回して、乳房を摑む。

「あはは、小さなおっぱいで恥ずかしい」

「十分に大きいさ。そんなことを言っていると、一般女性に恨まれるぞ」

「ひぃ、これ以上、恨まれるのは勘弁して」

ゆかりは、悪戯っぽく笑う。

光には影が付き従うもので、幼少期からたえず主演女優を繰り返してきたゆかりは、一部の視聴者には執拗に粘着されて嫌われていた。

それはスターの宿命というものだろう。

強烈に好かれる者は、強烈に嫌われる者だ。光が強ければ強いほどに、影もまた濃くなるのが道理である。

手のひらからほどよく溢れる程度の美乳の揉み心地のよさに酔いしれた耕作は、さらに小梅のように突起した乳首を摘まんだ。

「ああん」

清純派な顔をしていても、乳首を弄られると気持ちいいらしい。

耕作は、コリコリと二つの乳首をこね回した。

「ああ、気持ちいい、山影さんにおっぱい触れて、気持ちいいよ。あぁ～」

ブルリとゆかりが震えたところで、耕作は乳首からいったん手を離した。

「ゆかりは乳首だけでイッてしまったんだ。敏感だね」

「だって、山影さん上手だし～……」

からかわれたゆかりは、恥ずかしそうに赤面しながらも、恨めしそうに見つめてくる。

(くぅ〜、やっぱりかわいいな)

美人は、どんな表情をしていてもかわいい。そんな表情を同じ寝台の上で、鼻先でされたのでは、どんな男とて我慢できないだろう。

興奮のままに耕作は、ゆかりを寝台に押し倒した。

この世のものとは思えぬ妖精のような裸体の上に乗った耕作は、細い首の周りにネッキングし、鎖骨の窪みに接吻し、さらに宝石よりも確実に貴重な乳首を口に含む。

「ああ」

すでに一度、指でしごかれイカされた乳首を、今度は口に含まれてしゃぶられたゆかりは、官能の吐息をあげてのけ反る。

二つの乳首は男の唾液で濡れて、ビンビンにシコリ立ってしまった。そのうえで耕作は下半身に移動する。

男の両手ならば、軽く摑めそうなほどに細い腹部。そこには真ん丸な臍があり、そしてスラリと長い脚。

思わず耕作は両足を持って抱《かか》え上げると、脹脛《ふくらはぎ》に接吻し、踝《くるぶし》に接吻し、足の裏に接吻した。

「ちょ、ちょっと山影さんっ!?」

「ゆかりは足まで綺麗だね」

そう言って耕作は、脚の指を咥えて、指の股まで舐めた。

「もう、山影さん、変態っぽい〜」

ぼやくゆかりの頬が紅潮している。

足を舐められても、気持ちいいというわけではないだろうが、そこまで男に大事にされているのだ、という自覚ができて悪い気はしないのだろう。

やがて満足した耕作は、それぞれの足首を持って、左右に開き、シーツの上に大股開きに固定した。

「あん」

耕作の眼下では、細長い陰毛に彩られた恥丘がぷっくりと膨らんでいた。

(あそこにゆかりのオマ×コがある)

日本において、屈指の高嶺の花であろう女性の肉裂の左右に、両の人差し指を添えて開く。

「ひっ!?」

女の秘部を暴かれたゆかりは、息を飲んだが逃げようとはしなかった。

くぱぁ～。

清純派女優として知られた絶世の美女が、耕作の眼下で御開帳された。

(これが高力ゆかりのオマ×コか)

まるで飴細工のように美しい。あまりにも美しすぎて、作り物めいた女性器であった。

先端でシコリたつクリトリスは、まるで朝顔の蕾《つぼみ》のように突起し、先端から赤い肉真珠を覗かせていた。

クリトリスのことを真珠とたとえることがあるが、世界にこれほど貴重な真珠があるはずがない。

その下に、ポツンと針の穴のような尿道口があり、さらに大きめの穴から蜜がトプトプと溢れている。さらに下には肛門も見ることができる。

どんな美女美少女であろうと、おしっこもすればうんちもする。そんなことはわかりきっているのに、改めて見ると衝撃的だ。

好奇心を抑えかねた耕作は、さらに左右の人差し指と中指を、膣孔の四方に添えて、押し開く。

「ああ、そんなところまで見られるなんて恥ずかしい……」

顔を真っ赤にしながらもゆかりは、右手で口元を押さえて耐える。

ぷ〜ん、と拡げられた穴から、濃密な臭気が立ち昇り、耕作の鼻孔を打った。

いわゆる処女臭というやつだろう。同時に、飛行機内の照明では、よく見えなかったが、肉穴の入口に白い膜のようなものが見えたと思う。

しかし、それが見えた瞬間、耕作はもう我慢できなかった。

国民的な美少女、いや、美女の女性器にしゃぶりつく。

「あああ」

ゆかりは羞恥の悲鳴をあげて逃げようとしたが、耕作は逃がさなかった。

両手をあげて、ゆかりの双乳を揉みしだきながら、口では女性器を貪る。

(うわ、ぼく、いま、あの高力ゆかりのオマ×コ舐めながら、マン汁を飲んじまっているよ)

冴子の女蜜よりも、はるかに濃厚で香り高い液体であった。

夢中になった耕作は、陰核から襞の隅々、そして尿道口と、とにかく内部をすべて舐め回す。さらには膣孔に舌を入れてかき混ぜた。舌先に処女膜を感じたが、それも構わずほじり回す。

「ひぃ～、そんなにされたら、ぼく、ぼく、ぼく、もう、らめぇぇぇ」

理性を失った中年男に、貪り食われた絶世の美女は、両手で耕作の頭を抱きながら、背筋を大きく逸らして絶頂した。

プシャッ！

耕作の鼻の頭に熱い飛沫がかかり、ゆかりが潮吹き絶頂をしたことを知った。

「はぁ……はぁ……はぁ……」

ゆかりはだらしない蟹股開きとなり、股の間の白いショーツを失禁させたように濡らしながら、形のいい胸を大きく上下させていた。

「ごくり……」

もはや女の準備が完了しているのは確実だった。耕作ももはや我慢できない。

ズボンの中から、いきり立つ逸物を取り出した。

そして、ビショビショになっている絶世の美女の亀裂に添える。

しかし、そこで躊躇《ためら》った。

いま自分が犯そうとしている女は、単なる美少女ではない。国民的な美少女。いや、二十七歳は少女とは言わないか。国民的な女優である。それも女として、もっとも美しい盛りといっていい。

そんな女性を、自分のような冴えない中年男が汚していいのだろうか。

躊躇《ためら》っていると、惚けていたゆかりが恐るおそる口を開いた。

「あの……山影さんなら心配ないと思うけど、ぼく、初めてだから、その……あんまり痛くしないでね」

「ああ、努力するよ」

と応じたがいいが、実際にどうしたらいいかわからない。

二十年以上も前、初めてできた恋人の処女を無理やり割り、思いっきり泣かれて別れることになった苦い記憶が、トラウマのようによみがえってくる。

(とにかく、ゆっくりと入れるしかないか……)

覚悟を決めた耕作は、いきり立つ亀頭部を、濡れた膣孔に添えた。

そのとき、ゆかりが緊張した面持ちで口を開く。

「よ、よろしくお願いします」

か、かわいすぎる。逸物が震えるほどに歓喜した耕作は、ゆっくりと腰を押し込む。

亀頭部が半分ほども入ったところで、膜の存在を感じる。

「くっ」

美しい顔を歪めたゆかりは、奥歯を噛みしめた。

二十代後半まで、破られなかった処女膜は、いわゆる処女膜硬化を起こしてしまっていたのだろう。かなり固い。

「ゆかり、痛いかい？」

「うん……少し……」

「ごめん。やっぱり、これぱかりはどうしようもない、我慢して」

麻酔でも打てば、破瓜《はか》の痛みを和らげてあげることはできるだろうが、それでは情緒が台無しである。

（ゆかりの処女はぼくがもらう）

優越感に浸りながら耕作は、力任せに押し込んだ。

ブツン！

国民的な美少女、いや、国民的な美女の処女膜が破れた感触が、はっきりと伝わってきた。

「ひぃぃぃぃぃ」

ゆかりは唇を剝いて悲鳴をあげるが、耕作はかまわずに、ズブリッと最深部まで一気に押し込んだ。

亀頭部にコリコリとした子宮口の存在を感じる。同時にヌルヌルと幾百、幾千のミミズが絡みつくように、肉棒を包み込んできた。

（ヤバイ、この気持ちよさは犯罪的だ）

ゆかりはただ股を開いて寝ているだけだ。冴子のように男を楽しませようと手練手管《てれんてくだ》を使ってきているわけではない。

それなのに、こちらのほうが圧倒的に気持ちよく感じた。

ゆかりが、いわゆる「ミミズ千匹」と呼ばれる名器の持ち主だったというだけではないだろう。

あの国民的な美少女の初めての男になったのだ、という喜びが男を狂わせる。

脳裏が焼けるほどに興奮した耕作は、夢中になって腰を動かす。

「ああん、ダメ、山影さん、そんなに激しくしたら！」

「ごめん。我慢できないんだ」

興奮の極みに達している耕作は、ゆかりを押さえつけて、夢中になって腰を上下させ、亀頭部でガツンガツンと子宮口を打ち据える。

「ひぃ、ひぃ、ひぃ、らめ、山影さんのおち×ちんが、おち×ちんがぁぁぁ」

ゆかりは両腕で、耕作の背中を抱き、両足の裏を天井に向けていた。

正常位というよりも、「種付けプレス」と称したほうがいいだろう。暴走する男に必死に抱きついている。

「ゆかり〜〜」

我を忘れた中年男は、歓喜の中で国民的な女優の膣内で逸物を爆発させた。

ドビュッ！　ドビッュ！　ドビュユユユユ!!!

「ひぃ、入ってくる。入ってくる。入ってくるのぉぉ〜」

激しい痛みを伴《ともな》う破瓜中であったゆかりは、絶頂するということはなかっただろうが、膣内射精されるという牝の本能的な喜びに悶絶した。

耕作が思う存分に射精すると、逸物から力が抜けるのに連動するように、ゆかりの腕からも力が失われた。

「ふぅ」

すべてを出しきった耕作は、満足の吐息をつくと、萎えた逸物をゆかりの体内から引き抜いた。

絶世の美女。いや、日本一の美女の処女膜を奪ったのだ。耕作は柄《がら》にもなく興奮してしまった。

ことを終え、なんとか理性を取り戻した耕作は、さらに頭を冷やすために、いったんベッドから降りて、コニャックの酒瓶を傾けてグラスに注ぐ。

それを片手に寝台に戻った耕作は、ゆかりの枕元で胡座をかく。

香り高い酒を舌で転がしながら改めて眼下を眺めれば、両腕を左右に広げて、形のいい双乳を上下させているゆかりはいまだに蟹股開きのまま惚けていた。

「はぁ……はぁ……はぁ……」

まるで落花狼藉《らっかろうぜき》の直後のようだ。

女優としての仮面を剝がされた、生身の女がそこにいた。

（ああ、あの高力ゆかりとセックスしてしまったんだなぁ）

酒を舐めながら感慨深く眺めていると、不意にゆかりの下腹部が痙攣して、白濁液が水鉄砲のように噴き出した。

ブシュッ！　ブシュッ！　ブヒュッ！

白いシーツには赤い雫が点々と混じった精液がまき散らされる。

（うわ、我ながらよく出したものだ）

まるで十代の童貞少年が出したかのような液量だ。それだけ耕作の逸物のやつも張りきってしまったのだろう。

セックスのあと余韻に浸っているゆかりの裸体を愛《め》でながら、耕作は酒を飲む。

キスすらNGの清純派美人女優。それの破瓜の事後姿である。

この世のどんな芸術品よりも見ていて飽きない。

耕作が酒を飲みながら鑑賞していると、やがて理性を取り戻したゆかりが口を開く。

「ねぇ、山影さん……」

「なんだい？」

耕作は左手でゆかりの頭髪を撫でてやる。

「ぼくのオマ×コって気持ちよかった？」

「ああ、最高だね」

耕作は、グラスを翳して称えた。

「一皮剝けた、ゆかりに乾杯」

「もう」

ゆかりは頰を膨らませる。それから耕作の太腿に頰ずりをしてくる。

「でも、よかった。なら、これからいっぱいエッチしてね。ぼく、山影さん好みの女になるから」

この日以降、ゆかりのオフの過ごし方は、耕作とのセックス漬けとなる。

第三章　人気アイドルグループとはプライベートプールで３Ｐ

「昨今はコロナ禍などもあり大変でしたが、無事に新装開店を迎えることができました。これもひとえにお客様と投資家のみなさまの温かいご支援のおかげです」

都内のレジャー施設「常夏《とこなつ》ランド」が、改修工事を終えて再オープンすることになった。

ここはレジャープールが売りの遊園地であり、屋内外に大小さまざまなプールがある。

流れるプール、波のプール、ウォータースライダー。その他、ジェットコースターや観覧車などなど定番の遊戯施設もある。

野外プールは冬季になるとスケートリンクに早変わりして、プロスケーターやオリンピック候補の新田加奈子などを招きアイスショーをやってもらっているそうだ。

浮世の義理もあって、山影耕作も投資したところ、オープンイベントに呼ばれた。

ぜひにと誘われたので、無職であり、時間を持て余していた耕作は、なんとなく顔を出してみた。

園内では基本みな水着であり、耕作もレジャー用のハーフパンツを着用して貴賓席に座り、最高経営責任者《CEO》の挨拶を聞く。ちなみに水着の見立ては半沢冴子である。

壇上での挨拶を終えたCEOは耕作のもとに歩み寄ってきた。

「このたびは、山影さんのおかげで、なんとかここまでこぎつけることができました。誠に感謝の念に堪《た》えません」

「いえいえ、ぼくはほんの少しお手伝いさせてもらっただけですよ」

耕作とCEOが会話していると、司会者が声を張り上げた。

「では、アイドルグループ東京二見坂47の登場です」

派手なミュージックとともに花火が焚かれ、五十人あまりの高校生と思《おぼ》しき美少女たちが水着姿で現れた。

オープンセレモニーとして呼ばれていたのだろう。

二十歳前後の青春真っ盛りの娘たちが、のびやかな四肢をさらして、歓声をあげてプールに飛び込み、遊具に乗り、キャッキャッと遊んでいる。

「いやはや、華やかですね」

目のやり場に困る耕作の感想に、ＣＥＯが質問してきた。

「どうです。山影さんの好みの子はいましたか？」

「この歳になりますと、若い娘は怖いですね。おじさんは日陰で酒でも飲んでいましょう」

「あはは、なにをおっしゃいます。山影さんはまだ四十歳でしょ。いままさに脂が乗りきった年齢じゃないですか」

そんな雑談をしているところに、水着姿のアイドルたちが貴賓席にやってきて、明るく挨拶をして、さらには酌までしてきた。

「彼女たち、やけに愛想がいいですね」

明るく元気、柑橘系の香りが漂ってくるかのような、爽やかフレッシュな女の子たちが競って、中年のオジサンたちに媚びを売ってくるのは、なんとも居心地が悪い。

戸惑う耕作に、ＣＥＯが笑う。

「実は、彼女たちの中から今年の常夏ガールを選ぶ予定なんですよ」

「ああ、なるほど」

常夏ガールというのは、ここ常夏ランドのイメージモデル、つまり広告塔だ。

これに選ばれれば、常夏ランドの宣伝として、いたるところにポスターが貼られ、さまざまなグッズが販売され、さらにはテレビCM、レジャー誌の広告に使われるのだ。

その露出の多さから、アイドルにとっては登龍門といっていいだろう。彼女たちとしては、ぜひとも獲得したいトロフィーというわけだ。

「そういえば、以前は高力ゆかりも常夏ガールをやっていましたね」

「ええ、今年の常夏ガールからも、将来の高力ゆかりさんみたいな売れっ子が出てくれれば嬉しいんですけどね」

水着アイドルたちの数は、五十人前後である。この数を相手にするとなると、CEOはひっきりなしに対応しなくてはならない。

そんななかで、耕作に向かって声をかけてきた少女がいた。

「おじさまも来ていらしたんですね」

赤に近いオレンジ色のビキニ水着を着た女の子だった。

黒髪のセミロング。背は女子にしては高いほうだろう。肩幅があり、腰の位置も高い。肌はうっすらと日焼けしていて、手足も太すぎず細すぎないですらりと長い。

臙脂色の布地に包まれた胸は大きく前方に突き出し、腹部は細く、臍は真ん丸。臀部はきゅっと吊り上がっている。

凹凸に恵まれた、ビキニ水着がよく似合う抜群のスタイルだ。

「ああ、松倉珠理亜くんか」

「嬉しい。覚えていてくれたんですね」

飛び跳ねるように喜んだ珠理亜は、耕作の肩に抱きついてくる。

ＣＥＯが声をかけてきた。

「山影さん、お知り合いですか？」

「ええ、知人の娘さんです」

「チームＭのリーダーをしている松倉珠理亜です。よろしくお願いします」

珠理亜は、耕作をだしに使って、ＣＥＯに自分の印象を強めたようだ。

相変わらず、なかなかの策士ぶりである。

「おじさま、あたしのチームのメンバーを紹介させてください」

「あ、かまわないよ」

耕作が許可をすると、珠理亜に呼ばれて、黄色いビキニと青いビキニの少女が寄ってきた。

「こちらチームＭのメンバー、佐藤《さとう》蜜柑《みかん》です」

それは黄色い水着を着た少女だった。

黒髪をピンクのリボンで縛ってサイドアップにしている。顔は丸顔で、童顔。おっとりした雰囲気がある。肌は白くムチムチしていて、驚くほどの巨乳だ。

両腕を後ろに組んでみせているあたり、自分の武器がどこであるかをしっかりと把握しているのだろう。

「砂糖のように甘い蜜柑と覚えてください。とっても甘いですぅ」

どこがと質問したくなるのを、耕作はかろうじて我慢した。

「そして、こちらが岸原《きしはら》みなみです」

進み出たのは青いビキニの少女だ。

黒髪をサイドポニーにして、白いシュシュで留めている。顔には黒い縁の眼鏡。珠理亜より背は高いが、体重は軽そうだ。大理石のような白い肌をした、すらっとしたスレンダー美少女である。胸は三人の中で一番小さいだろう。しかし、それゆえか知的な雰囲気がする。

「岸原みなみです。みなみでお願いします」

「ああ、よろしく」

戸惑いながらも耕作が挨拶を返すと、突如、三人は両手を左右にヒラヒラさせたと思ったら、両手の指でV字を作り逆《さか》さにして、Mを意識したポージングを取ると、声をハモらせた。

「チームマドンナ。略してチームMです」

「……っ!?」

耕作はなんと返事をしていいかわからず、絶句してしまう。

そんな耕作の左腕を珠理亜が摑んだ。

「あはは、おじさま。ここで遊ばないなんて野暮《やぼ》というものですよ。よろしかったら、ウォータースライダーにいっしょに滑りませんか？」

「え、いや」

驚き遠慮する耕作の右腕を、今度は青いビキニの知的美人みなみが摑んだ。

「いきましょうよ」

「ぜひ」

さらに黄色いビキニのむっちり巨乳娘の蜜柑に背中を押される。

「ちょっ、ちょっと……」

「おお、山影さん、モテモテですな」

CEOにからわかれる。

「すいません。では、ちょっと行ってきます」

若い娘たちに囲まれて歩くのは気恥ずかしさを覚えるが、耕作はウォータースライダーの最上階にまで来てしまった。

(ひぃ〜)

あまりの高さに立ちすくむ耕作を珠理亜が引っ張る。

「さあ、おじさま。いきますわよ」

青い筒状の管の中を、水が流れ落ちている。その入口に耕作は座らされた。

右腕に抱きつくように赤いビキニ少女、左腕に抱きつくように青いビキニ少女。さらに背中から抱きつくように黄色いビキニ少女がぴったりと密着した。

「えっ、いや、四人同時はまずいんじゃないの」

大人の注意喚起を無視して、三人の小娘たちは進む。

「レッツゴー！」

珠理亜の掛け声を合図に、青いチューブを四人の男女は滑り落ちる。

「キャーッ！」

耕作の周囲から、黄色い歓声が響く。

(うわ、胸が、胸が当たっている)

ウォータースライダーを滑り落ちる恐怖で金玉は縮まるのに、三方から押しつけられる若い肢体の感触で逸物は大きくなりそうだ。

なんとも複雑な気分を味わっているうちに、ウォータースライダーはゴールを迎える。

ドブン！

波飛沫を上げて、深いプールに投げ出される。

女の子たちの肢体から解放された耕作はなんとか浮遊し、水面から顔を出して息を継ぐ。

「ふぅ〜」

死ぬかと思った。

そんな耕作の周りで、女の子たちはケラケラと笑う。

「あー、楽しかった」

「次はあれに乗りましょう」

濡れた眼鏡をかけなおしたみなみが指示したのは、「魔法の絨毯《じゅうたん》」と呼ばれるアトラクションだった。

「いいね、おじさま、いきましょう」

「……えっ!?」

若い女の子たちというのは、オジサンにとって意味もなく怖い生き物である。

そのモンスターのような少女たちに手を引かれた耕作は逆らうことができずに、恐怖の遊具施設に次々と乗ることになってしまった。

＊

「はぁ〜、疲れた」

チームMなるアイドル三人組と大いに遊んだ。いや、遊ばれた耕作は、なんとか彼女たちと別れて個室に入り安堵の溜め息をついた。

投資家ということで、CEOが気を遣ってくれたようである。間違いなく、この施設で一番いい部屋だろう。

テラスに出れば、流れるプールを眼下に見ることができ、視線を上げれば富士山を眺望できる絶景のロケーションだ。

そのテラスには、風呂のような狭いプールまで備え付けられている。

風呂のように使えということだろう。耕作は水着のまま小さなプールに浸かって胡《あぐ》坐《ら》をかいた。

湯は腰まであり、まるで子供用のプールのようだ。

「まさかこの歳で、ピチピチギャルたちと遊園地を堪能することになるとは……」

女の子たちと遊園地で遊ぶという行為は、十代あるいは二十代ならば普通のことだろう。

しかし、そのころの耕作は女の子とデートよりも、仕事が楽しくてしかたなかった。

自分とは縁のない世界だと思っていたものだ。

それが四十歳になり、女の子、それもアイドルをやっているようなかわいい少女たち三人にちやほやされながら遊ぶ日が来ようとは、予想もしたことがなかった。

遅れてきた青春といったところか。

気恥ずかしさに悶絶していると、突如、テラスの扉が開いた。

「失礼します」

「うわ」

華やかな声とともに、水着のギャルがぞろぞろと入室してきた。

先に現われたのは、先ほど別れた赤いビキニの珠理亜。その後ろに黄色いビキニの蜜柑と、青いビキニのみなみが続く。

「き、きみたち！　どうして？」

驚く耕作に、珠理亜はルームキーを翳《かざ》してみせる。

「ＣＥＯのおじさまにお願いしたら、部屋の鍵を貸してくれました」

「あいつ……」

どうやら、紳士ぶったあのＣＥＯの尻からは、目に見えない悪魔の尻尾が生えていたようだ。

「うわ、さすがにいい部屋。エモ～い」

巨乳を揺らしながら蜜柑が感嘆する。

「ほんとエモいですね。やっぱり億万長者って違いますよね」

眼鏡の弦《つる》を整えながら、みなみも感心顔だ。

ちなみに「エモい」というのは、最近の若者言葉らしい。エモーショナルの略語で、「感動した」「すごい」という意味で多用される。

「あはっ、おじさまだけずるーい。あたしも入りた～い」

耕作の入っている狭い穴風呂のようなプールに、珠理亜が強引に入ってきた。

「わたしも、わたしも」

「失礼します」

蜜柑とみなみも負けじと体を押し込んでくる。

結果、狭いプールに、耕作を囲むようにして、三人の美少女が浸かった。

（せ、せまい）

耕作の目の前に、モデル体型の珠理亜。右後ろに童顔巨乳の蜜柑、左後ろにスレンダー知的眼鏡美人のみなみが座った。

プールの水より、人間の肉のほうが多いのではないと思える密度だ。

いやでも、互いの足や腕が当たる。

耕作の膝は珠理亜の長い脚に当たり、左右の肘がビキニに包まれた蜜柑の巨乳とみなみの微乳に当たった。というか、あきらかに当ててきている。

（ぷるんぷるんだ。これが若さか。いやいやいやいや、この子たち、なにを考えているんだ。いや、考えるまでもないか）

いわゆる枕営業というやつだろう。

若い娘がオジサンに媚びるのに、なんの見返りも求めていないなどということがあろうはずがない。

（常夏ガールに選ばれるために、ぼくに媚びを売っても無駄なんだがな）

そう口にしようとしたところで、思い直す。

（そう言下《げんか》に突き放すのもよくないか。やんわりと教えるのが大人というものだよな）

そこで耕作は、三方から体を密着させてくる水着ギャルに質問してみることにした。

「えーと、松倉珠理亜くんと、その友だちの佐藤蜜柑さんと、岸原みなみさんだったね。きみたちの将来の夢とかはあるのかい」

すかさず目の前の珠理亜が答えた。

「あたしは女優になりたいです。高力ゆかりみたいな」

「ゆかりか、それは大変だな」

知っている名前が出てきて驚いたが、女優を目指す者にとっては、高力ゆかりが理想であることは当たり前といえば当たり前の話だ。

「はい。あたし、そのためならなんでもするつもりです」

珠理亜はニヤリと野心的に笑った。

次いで耕作の右肘を柔らかい巨乳で挟んだ童顔の蜜柑は、舌足らずな甘い声で答えた。

「わたしは声優アイドル志望なんですぅ」

「声優アイドル？」

耕作にとっては初めて聞く職業であった。その困惑を察した珠理亜が説明する。

「最近はアイドルが声優のお仕事もやるのは普通なんですよ。高力さんだって声優の仕事をたまにしています」

「へぇ〜。そうなんだ。頑張りなさい」

最後に耕作の左腕を、青い水着に包まれた胸元に押しつけたスレンダー美少女のみなみが答える。

「わたし、大学を卒業したらアナウンサーになるつもりです」

「アナウンサー？」

予想もしなかった答えに驚く耕作に、またも珠理亜が説明する。

「みなみは頭がいいんですよ。有名大学の付属高校に通っているんです。それに、アイドルからアナウンサーという道も最近では珍しくないんですよ」

「そうなのか？」

「はい。わたしは半沢冴子さんみたいなアナウンサーになりたいんです」

またも知人の名前が出てきて、耕作は驚愕《きょうがく》する。

「冴子、いや、半沢さんが理想なのかい？」

「はい。美人で知性的で気品があって、そのうえ、話も機知に富んでいる。まさにアナウンサーの鑑《かがみ》です。わたし、子供のころからずっと憧れています」

恋する乙女のように、みなみは頰を染めて語る。

(冴子が聞いたら喜びそうだ。いや、こんなに熱烈に慕われたら、照れて逃げるかな)

言われてみると、冴子の若いころは、みなみのようだったのではないか、と思わせる雰囲気がないではない。

「きみたちが立派な理想を持っているのはわかった。それぞれ夢に向かって努力を惜しまずにいれ……ばっ！」

中年オヤジが説教臭く語っているところに、突如、珠理亜は立ち上がった。

赤いビキニパンツに包まれた股間が、耕作の鼻先にくる。

「お・じ・さ・ま♪　お疲れでしたら。お背中をお流ししますわ」

「いや」

遠慮しようとする耕作の腕を珠理亜が引っ張る。

「さぁ、遠慮なさらず。蜜柑、みなみ、用意して」

「は〜い」

蜜柑とみなみは、どこからかマットレスを持ってくると、風呂の脇に敷いた。

「はい、ここに寝てください」

「あ、ああ……」

若い娘たちに逆らうことができず、ミニプール風呂から引っ張り出された耕作は唯々諾々《いいだくだく》と、マットレスの上にうつ伏せになる。

みなみが持参したボディソープを差し出し、珠理亜の手に泡を出す。

「さぁ～、おじさまはゆっくりとしていてくださいね」

耕作の背中を跨いだ珠理亜は、手でボディソープを泡立てた。そして、シュワシュワと肩甲骨から腰までさすってくる。

(や、ヤバイ……これ滅茶苦茶気持ちいい)

性的な快感ではなく、ふだん、自分で洗うことのできない背中を他人に洗われるという行為そのものが気持ちいいのだ。

「わたしたちは足を洗いますね」

蜜柑とみなみも、耕作のそれぞれの足を太腿の裏から、脹脛、足の裏、足の指の間まで丁寧に洗ってくれる。

「っ」

身を固くする耕作の右の耳の後ろから、珠理亜が優しく囁いてくる。

「この石鹸にはアロマの効果があるんですよ」

「ああ、いい香りだ」

くつろげる香りに包まれながら、背中を、両足を、全身を、美少女三人がかりで洗われる。それは、極楽体験というしかない。

しかし、やはり凡庸《ぼんよう》なオジサンにとって、若く綺麗な娘たちというのは意味もなく怖いもので、彼女たちに全身をまさぐられるのは生きた心地がしなかった。

癒しと緊張という相反する感情から身を固くしていると、ふいに珠理亜の手が耕作のハーフパンツにかかった。

「これ、邪魔ですね」

「あ、こら……」

止めるまもなく、耕作の水着がスルスルと足下から脱がされる。

耕作は素っ裸となってマットレスにうつ伏せになった。

(これでは動けない)

うつ伏せであるがゆえに男性器は見られていないが、身を起こしたが最後、十代の姦《かしま》しい娘たちの前で男根をさらすことになる。

「わたし、男の人の肌に触れたのって初めてですぅ」

蜜柑がぶりっ子調に口を開くと、みなみがクールに答える。

「当然でしょ。わたしたちアイドルは異性交遊禁止が原則なんだから」

「ファンのみなさんのために、恋人は厳禁だからね」

リーダーらしく珠理亜は釘をさす。

「は〜い」

素っ裸で腹這いになる耕作の背中で、十代の処女娘たちはキャッキャッとはしゃいでいる。

(くー、これは生き地獄だな)

冷や汗を掻く耕作に、珠理亜は悪戯っぽく囁く。

「うふふ、こういうのはどうかしら?」

背中に触れるモノが変わった。

手のひらではない。明らかにもっと広くて柔らかいものが背中に押しつけられている。

(こ、これは……まさかっ!?)

大きくふわふわとした弾力があるものが二つ、背中に押しつけられた。

いや、二つではない。六つだ。

六つの肉の塊《かたまり》が、耕作の背中から臀部、太腿、脹脛、足の裏まで移動する。

「はぁ、はぁ、はぁ……」

女の子たちの吐息が背中にかかる。

(おっぱいを押しつけているな)

それとわかったが指摘する勇気はなかった。

あのカラフルな水着に包まれた新鮮フルーツのような乳房たちが、いま自分の背面に押しつけられて、いや、こすりつけられている。

(くっ、重い)

女の子一人一人の体重は軽いかもしれないが、三人に乗られるとさすがに重い。

若い牝たちの肌の熱を感じて、耕作は自分の肌が泡立つのを感じた。

(ヤバイ、ち×ぽが立つ)

否応なく大きくなった逸物を、腹部とマットの間に挟んで、必死に隠す。

そんな男の苦労も知らずに、無邪気な女の子たちの息遣いは荒くなる。

「はぁ、はぁ、はぁ……あ、これヤバい。気持ちよくて乳首が立っちゃう」

「わたしも……変な気分になってきた」

「男のヒトの背中にこすりつけるだけで、こんなに感じちゃうんだ」

これは間違いない。女の子たちは自らの乳房を耕作の背中や、太腿の裏に押しつけてきている。

「わたし、もう乳首だけでイッちゃいそう……ああ」

耕作の背中に、コリコリとした乳首が押しつけられ、こすりつけられて、三人の美少女たちは軽く絶頂したようだ。

(まさか、彼女たち、水着のブラジャーを外しているっ!?)

そう思い至り、背中や尻や太腿に押しつけられている柔肉に意識を集中すると、コリコリとした突起を感じることができた。

(乳首が、彼女たちの乳首が、ぼくの全身に……)

新鮮な果実のような乳房で全身を包まれる。その贅沢体験に、四十男の逸物は年甲斐もなくいきり立ち、杖となってマットから耕作の腰を浮かせそうになった。

それを必死になだめている耕作の背中を覆っていた肉布団が、唐突にのけられる。

「おじさま、仰向けになってください」

「えっ!?　いや、ダメ……あ、こら」

「よいしょ」

掛け声とともに、耕作の体は三人の女の子の手によってあっさりと反転させられてしまった。

「っ」

抜けるような青空を背景として、耕作の視界には三人のトップレスとなった美少女が映る。

水着越しにもわかっていたことだが、三人ともいい乳房をしていた。

一番大きいのは蜜柑だ。まるで大きな夏ミカンのようである。しゃぶりついたら濃厚な甘い果汁が溢れてきそうである。

珠理亜の乳房は、フレッシュなリンゴのようだ。齧りついたらシャリシャリとした爽やかな歯ざわりとともに、甘酢っぱい果汁が出てきそうである。

一番小さいみなみにしても、決してないわけではない。知性的な顔立ちに相応《ふさわ》しい美乳である。白いミルク寒天のようだ。

いずれの乳首も綺麗なピンク色で、ビンビンに勃《た》っている。

耕作が、女の子たちのおっぱいに目を奪われたように、女の子たちは耕作の股間に注目していた。

こんな状況である。耕作の逸物は天を衝《つ》かんばかりに隆起していた。

珠理亜は感嘆の声をあげる。

「さすがおじさま、大きぃ」

蜜柑は恥ずかしそう赤面しつつ、同意する。

「大物は、おち×ちんも大物ですね」

みなみが眼鏡を整えながら頷《うなず》く。

「これが一流の男の業物《わざもの》。いろんな女をこれで屈伏させてこられたんですね」

「いや、そんなに経験豊富なわけではないよ」

慌てて否定する耕作の逸物の先端を、珠理亜の右手の人差し指がツンツンと突っつく。

「そんな見えみえの謙遜をしないでください。このエモいおち×ちんでいろいろな女性を泣かしているんでしょ。あたしのお母さんをやったみたいに」

「……っ」

息を飲む耕作に、ニヤリと笑った珠理亜は、肉棒をぎゅっと鷲摑みにした。

「やっぱり、おじさまって、あたしのお母さんの元彼なんだ」

「な、なんのことかな？」

「うふふ、まぁ、どっちでもいいですけど。いまおじさまの前にいるのは、お母さんでなくて、あたしですから」

そう言いながら珠理亜は、手にした肉棒をシコシコと上下にしごいてきた。

「わたしも触りたい」

「わたしも興味あります」

蜜柑とみなみも、リーダーに負けじと逸物を掴んできた。

「あ、ちょっとやめなさい」

オジサンの制止など若い娘たちは聞きやしない。それどころか三人とも意味ありげに頷き合うと、三人で肉棒を掴んだまま、さらに耕作の胸板を撫で回す。

「なにを慌てているんですか？　あたしたちは洗っているだけですよ」

「そうですぅ」

「他意はありません」

ぬけぬけと語り、男の乳首を摘まんでくる。

「おお……」

女子高生三人に奉仕されて、耕作はおののきの声をあげる。

「うふふ」

逸物を握られ、胸から腹部を三つの手のひらで撫で回されて、悶絶している耕作に、ややあって樹利亜が言いづらそうに口を開いた。

「あの……おじさま、あたしたち折り入ってお願いがあるんです」

そらきた。と耕作は内心で身構える。

彼女たちが、なぜこんなことをするかは見え透いていたからだ。

「なにかな？」

「あたしたち、常夏ガールをやりたいんです」

そうだよな。彼女たちが今日、耕作に媚びを売りまくった理由は、これであることは十分に承知していた。

「やれやれ、やっぱりそういう魂胆か」

溜め息をついた耕作は、体にとりついていた三人の手を振りほどいて身を起こすと、マットレスの上に胡坐をかいた。

「そういわれてもね。ぼくには常夏ガールを選ぶ権限はないよ」

即座にみなみが否定する。

「ウソですね。山影さんならその力があります。ここのCEOのオジサンだって、ペコペコしていたじゃないですか」

珠理亜が真剣な顔でのたまった。

「あたしたち、どうしても、常夏ガールやりたいんです」

「お願いします」

上半身裸、下半身は水着のパンツだけという、トップレス姿の女子高生アイドルたちが、いっせいに土下座をした。

「……」

これには耕作も困惑する。

「それは君たちの実力を判断した、常夏ランドの経営陣が決めるだろう」

「違いますよ」

顔を上げた珠理亜は、即座に否定した。

「審査員のオジサンたちは、あたしたちの誰を選んでも同じだと思っています。いまのままだと、誰が常夏ガールに選ばれるかは運です」

「……」

それは否定できないな、と耕作は思った。

常夏ランドの経営陣は、あくまでも会社の経営者だ。アイドルの才能や将来性を見抜く目はない。

アナウンサー志望の才女みなみが口を開いた。

「ここで選ばれなかったら、わたしたちその他大勢の中で埋もれてしまいます」

声優アイドルを夢見る蜜柑も必死に答える。

「わたしたち、この仕事に賭けているんですぅ」

「だからなにがなんでも、この仕事が欲しいんです」

珠理亜もまた、耕作の目を見ながらきっぱりと言いきった。

「ここが一世一代の勝負所と考えています。常夏ガールに選んでもらえるなら、わたしたち、おじさまに抱かれる覚悟があります」

「おいっ」

たしなめようとする耕作をよそに、眼鏡美少女のみなみが宣言した。

「一生のお願いです。わたしたち、山影さんの愛人になります」

ベビーフェイスの蜜柑も決死の表情で申し出る。

「わたしたち、山影さん専用の肉便器になる覚悟がありますぅ」

耕作はなんとか彼女たちを傷つけないように言葉を選びながら諭そうとする。

「えーと、キミたち自覚しているのかな。これはいわゆる枕営業というやつだよ」

珠理亜があっけらかんと応じる。

「ええ、そうですね。でも、芸能界はかわいいだけでは成功しないことぐらい誰だって知っています。枕営業ぐらいみんなやっていると思うんですよ」

「いや、事務所の人とかうるさいでしょ」

みなみが首を横に振る。

「わたしたちはいくらでも代替えの利く駒ですから。どんな手を使ってでも、仕事を取ってきた者が正義です」

真剣な上半身裸のアイドルたちに詰め寄られて、耕作は困惑する。

「そう言われてもなぁ」

煮え切らない耕作に、みなみが必死に口を開く。

「山影さんは勘違いしているかもしれませんけど、わたしたちがこういうことをやったのは初めてですよ」

「ん？」

驚く耕作に、みなみは眼鏡を整えながら答える。

「やっぱり勘違いしていたんですか。わたしたちが、こういう枕営業をしたのは初めてですよ。ですから、わたしたち全員、処女です」

珠理亜が頷く。

「本当ですよ。嘘だと思うんでしたら、取引の前に商品を見てください」

「商品？」

戸惑う耕作の前で、互いの顔を見合わせた三人娘はニヤリと笑う。

「わたしたちの処女膜です」

「いっ!?」

驚く耕作をよそに、立ち上がった珠理亜は、耕作に背を向けて中腰となると、赤い水着に包まれた尻を突き出してきた。

リーダーの動きに、蜜柑とみなみも呼応する。

結果、耕作の頭は、赤、黄色、青と華やかな水着に包まれた尻に囲まれてしまった。

「うふふ」

目を白黒させている耕作にかまわず、視線で会話をした女の子たちは、いっせいのせで、水着のボトムを下ろす。

「っ」

耕作の視覚は、パノラマで美少女たちの生尻に囲まれた状態になった。

きゅっと吊り上がった尻と、むっちりとした白い尻、そして、すっきりとしたお尻。

形は違えども、いずれも若く魅惑的な女尻だ。

どちらの方向に顔を向けても、至近距離から肛門がばっちり見えた。

どんなに魅力的な美少女であろうと、排便はするということだ。

そこから視線を下げた耕作は軽く驚く。

「っ!?　三人とも毛がないんだね」

美少女たちはいずれもパイパンであった。いくら若いといっても、女子高生で陰毛が一本も生えてないというのは不自然だろう。

耕作の疑問に、股の間から顔を覗かせた蜜柑が答える。

「ああ、わたしたち、剃っているんですぅ」

みなみが捕捉した。

「わたしたちのお仕事は水着のグラビア撮影が多いんです。もしハミ毛した状態を、写真にとられたりしたら最悪ですから」

「なるほど」

グラビアアイドルの身嗜《みだしな》みといったところか。

しかし、おかげで視界を遮《さえぎ》るものがなく、いきなり肉裂を直視することになってしまった。

やはり蜜柑が一番肉厚で、みなみはほっそりした肉まんじゅうだ。珠理亜は二人に比べると少し褐色が強いのは、軽く日焼けしているからかもしれない。

「……」

美少女アイドルたちのお尻に囲まれた中年オヤジが呆然としていると、珠理亜は股の間に右手を入れて、中指と人差し指を亀裂の左右に置いた。

「それじゃいきますね。せーの」

「くぱぁ」

声をそろえた三人の少女は、同時に肉裂を開いた。

ぷーんと動物的な匂いが、耕作の頭部を囲む。

いわゆる処女臭というやつであろう。

「どうですか？　おじさま。わたしのオマ×コ綺麗でしょ。まだ未使用なんですよ。ほら、こうすると処女膜も見えると思います」

リーダーである珠理亜に従って、残りの女子高生アイドルたちも、左右の中指と人差し指で膣孔の四方を囲むと、豪快に開いてみせた。

「……」

小娘たちの処女膜になどそれほど興味のないつもりであった耕作であったが、視線が引力に引き寄せられるように三つの秘穴を覗き込んでしまう。

いずれも薄い白い膜がある。

ただし、珠理亜は一つ穴、蜜柑は二つ穴、みなみは三つ穴が開いた形であった。

「どうですか？　見えますか？　わたしたちの処女膜」

「これ、山影さんのおち×ちんで破ってもらいたいですぅ」

「あたしたちの処女、まとめて捧げます。だから、常夏ガールにしてください」

くぱぁをした陰部を男に見せつけながら、股の間から顔を見せる美少女たちは口々に訴える。

三種類の処女臭に包囲されながら耕作は頭を振った。

「たしかに三人とも処女膜を確認させてもらいました。いやはや、まったく若さというのは大胆ですね」

珠理亜は言い返す。

「男ってなんだかんだいっても、若い女が好きで、処女が大好きなんでしょ。たった一枚しかない処女膜ですもの、有効活用しないとね。それにおじさまも独身ですし、不倫ではないのですから、誰にも非難されるいわれはないでしょ」

「わたしたちの処女膜、三つまとめておじ様にあげます。だからお願い、常夏ガールに推薦してください」

「わたし、常夏ガールになるためなら、処女はもちろん、アナルでやられてもいいと思っていますぅ」

蜜柑の宣言に、他の二人がちょっと引いた顔になる。

「いや、それはさすがにちょっと」

「ええ、アナルは痛いだけで気持ちよくないというわよ」

仲間二人に裏切られて、蜜柑は顔を真っ赤にしてモジモジする。

「そ、それぐらいの覚悟ってことよ」

そのさまに耕作は笑ってしまった。

「まったく、君たちにはかなわないな」

「それじゃ」

処女膜をさらしたまま三人は歓喜の表情を浮かべる。

「ちょっと待ちなさい。とりあえず聞いてみよう」

野外に素っ裸の美少女たちを残して、いったん部屋に入った耕作は、常夏ランドのCEOに電話をかけてみる。

「少し相談なんですけど、今年度のイメージガール。ぼくが選んでもいいかな？」

返事を聞いて、耕作は電話を切る。

心配顔で窺《うかが》っている裸の少女たちに、耕作は力強く頷いた。

「今年の常夏ガールの選任は、ぼくに一任されたよ」

「やったー、さすがおじさま」

素っ裸のアイドルたちが、歓喜の表情で耕作に抱きついてくる。

(こ、これは悪くないな)

自分の娘のような年齢の少女たちに慕われて、耕作は鼻の下を伸ばしてしまった。世間的に見れば、高力ゆかりや半沢冴子のほうが女としての評価は上だろう。しかし、若さというのは努力のいらない才能である。特に美貌というのは、若いというだけで価値が出る。

「あとはおじさまに処女膜を割ってもらうだけですね」

珠理亜の提案に、耕作は慌てて止める。

「別にそこまでしてもらう必要はないよ。十分に楽しませてもらった。処女は、将来好きな男ができたときのためにとっておいてあげなさい」

蜜柑が頬を膨らませる。

「ダメですよ。わたしたちもう、覚悟完了しているんですぅ。ここまでしてやってもらえなかったら、欲求不満でおかしくなっちゃいますぅ」

「ええ、それに初めては痛いと言いますし、経験豊富な大人の男性にやってもらいたいです」

股間を押さえたみなみの指の間から、大量の蜜が垂れ流れている。

いや、彼女だけではない。三人とも内腿を濡らし、顔は紅潮した牝の顔だった。

それと見て取った耕作は、覚悟を決める。

「あはは、それじゃ、せっかくだから、美味しくいただこうか。きみたちの処女」

「やった――――っ」

飛び上がって喜んだ三人娘は、それから改めて耕作に詰め寄ってきた。

「それじゃ、誰から食べてくれますか？」

「う〜む」

耕作がとっさに決めかねていると察した三人の裸の美少女は顔を見合わせ、元気よく右手を突き出した。

「ジャンケンポン！　あいこでしょ！」

「やった。一番ですぅ！」

チョキにした右手を翳した蜜柑は飛び跳ねて、大きな乳房を揺らしながら歓声をあげる。

結果、蜜柑が一番手、みなみが二番手、珠理亜が三番手ということになった。

「うー、あたし、ジャンケン弱かったんだ」

珠理亜はがっくりと肩を落とす。

「はは……」

これから好きでもない男に、処女を捧げようというのに悲壮感などまるでない。完全に楽しい遊び感覚の小娘たちを前に、耕作はいささか引いた笑みを浮かべる。

とはいえ、逸物のほうはこの上なくやる気で猛《たけ》っていた。

「それじゃ、蜜柑ちゃんからはじめようか？」

「はい。よろしくお願いしますぅ」

マットの上に正座をした蜜柑は、礼儀正しく一礼を返す。

（くー、かわいいな。こんなかわいい子と本当にやっていいのか？）

自分の娘と言ってもおかしくない少女とやることに、大人の男として罪悪感を覚えないわけにはいかなかったが、それ以上に喜びが勝《まさ》った。

「ほら、三人ともそこに四つん這いになってお尻を差し出しなさい」

耕作の指示に従って三人の美少女は、マットレスの上に並んで四つん這いになった。

「三人とも初めてだし、もう少し濡らしたほうがいいな」

そういって耕作は、三つの無毛の陰唇を順番に舐めた。

いずれも若くかわいらしい新人アイドルとはいえ、外見も将来の夢も違うように、愛液の味もまた異なっていた。

濃厚という意味では同じであったが、蜜柑はまろやかであり、みなみはさらさらしていた。珠理亜はトロトロだ。

そして、ぞんぶんに美少女たちの愛蜜で酔った耕作は、身を起こし、いきり立つ逸物の切っ先を、蜜柑の膣孔に添えた。

「いきますよ」

「はい。よろしくお願いしますぅ」

むっちりとした尻を左右から摑み、耕作は腰を進める。

ブツン！

柔らかい処女膜が引き破られる感触が、たしかに亀頭部から伝わってきた。

根元まで入ったところで、珠理亜とみなみが興味深そうに結合部を覗き込む。

「わお、ズッポリ入った。蜜柑、痛い？」

「だ、大丈夫？」

仲間たちに気遣われて、蜜柑は恐るおそる答える。

「そ、そんなに痛くはない……。さすがは山影さん、お上手ですぅ」

「おお」

蜜柑の感想に、珠理亜とみなみは尊敬した視線を向けてくる。

「ははは、たまたまだよ。ティーンエイジャーの処女膜は柔らかいからね。とはいえ、初めてでイクことは無理だと思うよ」

「はい。わかっていますぅ。これから開発されてしまうんですね、わたし。山影さんのおち×ちんがなければ生きていけない女に……」

蜜柑はトロンとした表情で、恍惚と呟く。

(なんか誤解があるような……くっ、それにしても若い娘というのは襞が豊富だな)

耕作は両手を、蜜柑の腋の下から回して巨乳を手に取った。

「ひゃあ」

甘い悲鳴をあげる童顔娘の、大きな乳房をぞんぶんに揉みしだきつつ、耕作は男根を抽送した。

「あん、あん、あん……これ、気持ちいい、気持ちいいですぅ。大きなおち×ちんでお腹の中をズブズブされるの、気持ちいいぃぃ……」

蜜柑は初めてだというのに歓喜している。

ビクビクビクビク……。

白いむっちりとした尻が痙攣している。若いだけあって感度もいいらしく、どうやら、蜜柑は軽い絶頂に達したようだ。

調子にのって一気に最後まで行きたいところであったが、耕作は射精欲求をぐっとこらえて、逸物を引っこ抜いた。

そして、愛液滴る逸物を構える。

「次はみなみだったな」

「はい。よろしくお願いします」

みなみは自らお尻を高く掲《かか》げてきた。

蜜柑のときと同じように、小尻を左右から摑んだ耕作は、勢いよく逸物をぶち込んでやった。

ブツン！

「ああ……」

「大丈夫か？」

マットに上体を潰したみなみは、口元を指で押さえながら答える。

「は、はい……。オマ×コの中を拡げられるこの感じ、く、癖になりそうです」

「そうか」

どうやら、彼女もそれほど破瓜の痛みに苦悩することはなかったようだ。

このまま蜜柑と同じように軽い絶頂にまでもっていこうと思ったが、同じ体勢で挿入するのも芸がないだろう。

小娘たちに大人の男のわざを見せつけてやろうという欲求に囚《とら》われた耕作は、みなみの左足を抱えた背面横位となった。

結合部がくぱっとさらされる体位である。

その光景を、珠理亜が覗き込む。

「うわ、みなみってば真面目そうな顔して、おじ様のおち×ぽをずっぽり咥えている」

「ひぃ、み、みないで……」

結合部をさらされるかたちになったみなみは恥じ入る。

「キミはまだ覚悟が足りないな。アイドルは見られるのが仕事だろう」

嘯いた耕作は、左手を上から回して、みなみのクリトリスを触り、弄ってやった。

「ああん、こんなのすごすぎます。ああ、わたし、初めてなのに、イッちゃう」

逸物をぶち込まれた状態で、陰核を弄り倒されたみなみは、掲げた足を痙攣させながら絶頂した。

その絶頂痙攣にも耐えて、耕作は逸物を引き抜く。

ろう。


「最後は珠理亜だね」

「はい。もう我慢の限界です」

チームの仲間二人が処女を散らすさまを目《ま》の当たりにして、興奮してしまったのだろう。

珠理亜の内腿は失禁したかのように濡れていた。

「それじゃ、はじめようか」

珠理亜をマットの上に仰向けにして、その毛のない穢れを知らぬ膣孔に、すでに二人の破瓜の血を吸った肉棒を添える。

ふと二十数年前の記憶がよみがえった。学校の校舎内で、珠理亜の母親の処女を奪ったときとまったく同じ体勢だったのだ。

(同じ間違いは繰り返さない)

そう決意して耕作はゆっくりと逸物を押し込む。

ブツリ!

ここでも処女膜を破る感覚が伝わってきた。

「あ、ああ……」

背筋をのけ反らせた珠理亜は、大口を開けて喘《あえ》ぐ。

「痛いかい？」

「は、はい、でも、大丈夫です」

「ふふ、無理をしなくてもいいよ」

耕作は動かずに、珠理亜が慣れるのを待つ。

（いやはや、やはり西村さんのことを思い出すなあ）

さすがに二十年以上も前に一度抱いただけの女の膣の構造を思い出すのは困難だが、そっくりに感じる。思い入れゆえの錯覚といってしまえばそのとおりなのだろうが、錯覚は快感を高める媚薬である。

珠理亜が落ち着いたところを見越してから、ゆっくりと気遣うように腰を上下させた。

「ああ、おじさま。上手、やっぱり上手じゃないですか。ああ、あたし、あたし、あああ」

顔を真っ赤にした珠理亜は、目元に涙をためて嬌声をあげている。

（くっ、こっちももう限界だ）

美少女三人の処女を立てつづけに奪ったのだ。耕作の相棒はもはや暴走寸前である。

しかし、これからアイドルとしてバリバリと活躍するだろう少女の膣内で射精するのは拙《まず》いだろう。

「ああ、わたし、もう、イク、イク、イク、おじさまのおち×ぽの奴隷になります」

宣言と同時に、珠理亜のざらっざらの襞肉が肉棒に絡みついてきた。

その絶頂痙攣につられた耕作であったが、寸前で引き抜くことに成功した。

ブシュッ!

勢いよく噴き出した白濁液が、破瓜の余韻に浸っている三人の少女たちの裸身に浴びせられる。

「ふぅ……」

満足した耕作はマットの上に仰向けに倒れる。

新人アイドル三人の処女膜を連続でいただいたのだ。なんとも贅沢な体験である。

そう思っていると、精液まみれの女の子たちが胸に乗ってきた。

「さすがおじさま、女の扱いも手慣れたものですね」

「ほんと、お上手ですぅ。こんな体験したらもう、忘れられません」

「わたしたち、山影さんのおち×ちんにメロメロです」

若い娘たちに褒められて耕作は、笑うしかない。

「はは」

（二十年前も、こう上手くやれればよかったのだが……）

感慨にふけりながら、かわいい三人の頭を撫でてやる。

＊

「夏っ、本番っ！　さぁ、遊びにいこう！　常夏ランド！」

輝く太陽を背に、お洒落なビキニ水着をきた健康的な美少女たちが、プールで遊び、跳ね、そして駆け回った。

まさに青春といったCMを演じているのは、東京二見坂のチームMのメンバーたちだ。

この仕事が起爆剤となり、彼女たちは週刊マンガの表紙などにも起用されるようになった。

アイドルの世界の栄枯盛衰《えいこせいすい》は激しいため、このまま順調というわけにはいかないだろうが、一次的とはいえ世間に認知されたのだ。彼女たちは、賭けに勝ったといえるだろう。

おそらく三人とも、全国の中高生男子にとっては憧れの存在であり、穢れを知らぬ処女と信じきって、オナペットにしていることだろう。

寝台の上で、テレビを観ていた耕作は、次にチームMの特集をしている雑誌を手に取った。

「恋人はいるんですか？　まさか。うちは男女交際禁止なんです、っか」

珠理亜のインタビュー記事だ。

当の本人は現在、耕作に背を向けて、男根を下の口で咥えて跳ねるように腰を使っている。つまり、背面座位でお楽しみ中であった。

「あたしたち、男女交際はしていません。大好きなおじさまに甘えているだけです」

「なるほど」

「おじさまぁ、わたしもかわいがってくださいー」

甘えた声を出した蜜柑が自らの大きな乳房を、耕作の口元に差し出してくる。

「順番にな」

耕作は巨乳娘の乳首を口に含んだ。

ちなみにみなみは、先に一発終わったばかりで、傍らで大股開きのまま惚けている。

アイドルというのは、いわばファンの心の恋人であることが売りのような商売だ。

それなのに、こんなことをしていていいのだろうか、と不安になった耕作は、彼女たちのマネージャーに質問してみたことがある。

「おっしゃるとおり、アイドルにとってスキャンダルは致命傷です。アイドルである間は、異性と付き合わないのがファンに対する礼儀です。しかし、アイドルだって人間ですからね。性欲はあります。そして、かわいい子には誘惑も多い。抑えつけるよりも、安全に発散してあげるほうがいいんです。その点、山影さんなら信用できるでしょう」

というわけで耕作は、彼女たちがおイタをしないように定期的に、性処理をしてやることを事務所に黙認されているのである。

彼女たちにとって、耕作との逢瀬は、忙しいアイドル生活の間の息抜きなのだろう。

三人ともめいいっぱいセックスを楽しんでいる。

(まったく、最近の若い娘は……スケベでかわいいな)

四十男の耕作は、年甲斐もなくティーンエイジャーの三人を満足させようと奮起してしまう。

(いやはや、若い愛人を囲って腹上死してしまう老人の気分を味わえそうだ)

テレビで流れる、いかにも健康で穢れのない美少女といった顔をした珠理亜のＣＭを観ながら、実物の彼女たちとのセックスを心ゆくまで楽しんだ。

第四章　美しすぎるフィギュアスケーターはこうして発情させる

「冴子がデートに行きたいというから、どこに連れていかされるのかと思ったら、面白いところに誘ってくれますね」

冬になり、女子アナウンサーの半沢冴子が、山影耕作を誘った場所は、長野県のスケートリンクだった。

どうやら、フィギュアスケートの世界大会が行われていたらしい。

冴子の装いは、頭にロシア帽、体にはミンクのコートをまとい、首元にはカシミアのマフラーを巻いている。そのうえ、顔には大きなサングラスをかけ、覗く口元には真っ赤なルージュ、耳元にはダイヤのピアスが輝いている。変装しているつもりなのかもしれないが、その金のかかった装いは、バリバリの芸能人のようであった。

その自覚があるのかないのか、上機嫌の冴子は耕作の右腕に抱きついてくる。

「たまにはこういうのもいいでしょ。わたしたちいっつも部屋でセックスばかりですもの」

「あはは」

たしかに有名人である冴子のパパラッチ対策もあって、会うのはホテルばかりとなっていた。さすがにばつの悪さを感じた耕作は笑ってごまかす。

座席は、冴子がその人脈を駆使して手に入れたのか、最前列のＶＩＰ席だった。金だけでは手に入りそうもないいい席だ。

会場を見渡すと、さすがに世界大会だけあって観客席は満員である。ただし、そのほとんどは女性、というかオバサンだった。

耕作としてはいささか居心地が悪い。

また、誰もかれも、冴子に負けず劣らず気合いの入った装いをしている。

おそらく、客同士で自分たちのお洒落を披露しあっているのだろう。

(こういう客層というのは、宝塚歌劇団とかと同じなのかな？)

有閑マダムのおばさまたちが声援を送るさまをみながら、耕作はそんなことを考える。

登場する選手はみな若い。そして、日本で行われている世界大会である以上、当然、日本のフィギュアスケート界のスーパースターにして、マスコミがこぞって「美しすぎるフィギュアスケーター」と持ち上げる新田加奈子も出場していた。

「うわ――――っ」

お目当ての選手の登場に、会場中から割れんばかりの拍手と歓声が送られる。

それまで登場した選手はいずれも上手だったと思うのだが、加奈子は登場したときからオーラが違った。

黒髪をきっちりとオールバックに撫でつけ、大きな目の周りにはぱっちりと目張りが効き、頬には紫の頬紅、大きな口にはあずき色の口紅。化粧が濃いのは、遠目にも表情がよくわかるための演出なのだろう。

黒地に赤い炎のような刺繍《ししゅう》の入ったレオタードに似た衣装に身を包んだ加奈子は、長い手足を大きく振って、情熱的に、そして妖艶に氷上の上を踊る。

そして、滑走するたびに、そして、ジャンプするたびに、スケートのエッジが氷を削る凄まじい音を立てる。

シャンッ！　シャンッ！　シャンッ！

「いやはや、まさに氷上の女王だね」

フィギュアスケートの善《よ》し悪《あ》しなどまるでわからない耕作だが、優勝して当然と思わせる圧巻の演技だ。

そして、大方の予想どおり新田加奈子は優勝した。

表彰台の一番高い位置に登った加奈子は、金メダルにキスをしてから、観客に満面の笑顔で腕を振る。

それに惜しみない拍手を送っていると、冴子がわがことのような得意顔で質問してきた。

「どお、やっぱりナマで見ると迫力が違うでしょ」

「ええ、ぼく一人では絶対に来ることはなかったでしょう。いい経験をさせてもらいました。ありがとう」

耕作にお礼を言われた冴子はいささか照れる。

「そんな、お礼を言われるほどのことではないわよ。さぁ、食事に行きましょう。美味しいレストランを予約してあるわ」

「それは楽しみだ」

スケート会場を出ると、冴子が予約していたロシア料理のレストランに入った。

個室である。二人ともコートを店員に預けてから、席に着く。

「実は紹介したい人がいるの」

「へぇ、誰だい？」

「ひ・み・つ。でも、驚くわよ。楽しみにしていて」

冴子が勿体《もったい》ぶるほどもなく、店員が「お連れ様がお見えになりました」と報告にきた。

「通して」

冴子の声に応じて、扉が開き、黒いレディースのリクルートスーツを着た女性が勢いよく飛び込んできた。

「遅くなって申し訳ありません」

入室するなり、盛大に頭を下げた女性は、黒髪は肩にかかるほどのセミロング。白いブラウスに、肌色のパンストを履き、足もとは黒いパンプスだ。

ジャケットを着ていてなお肩が左右に張り、骨格のしっかりした体型だな、とは思ったが、リクルートスーツを着ていることもあって、就活中の女子大生に見える。

「あっ」

頭をあげた彼女の顔を見て、さすがの耕作も絶句した。

「ふふん」

してやったり顔をした冴子は立ち上がり、客人の背後に回って両肩に手をかける。

「加奈子ちゃん、紹介するわね。こちら山影耕作さん、ブルーベリーシティの創業者。話題の一千億円の男よ」

「初めまして、新田加奈子です」

リクルートスーツの女は、まさに会社面接のように礼儀正しく一礼した。

「で、こちらは紹介するまでもないわよね。美しすぎるフィギュアスケーター、先ほどの世界大会優勝の新田加奈子選手よ」

耕作は慌てて席から立ち上がった。

「初めまして、山影耕作です。あの名高い新田加奈子さんと会えるなんて光栄ですね。先ほどもスケートを拝見しましたよ。いや〜感動しました」

スケートにたいした興味もないし、加奈子のファンというわけでもなかった耕作だが、これは商売人の癖というものだろう。まるで昔からの熱烈なファンであったかのように大仰《おおぎよう》に感動してみせる。

加奈子は恐縮した。

「お恥ずかしい」

「どうぞ、お座りください」

耕作は空いていた椅子を引いて、加奈子を促す。

「きょ、恐縮です」

加奈子は緊張した面持ちで座席に着いた。

それを確認してから、耕作も自分の座席に戻る。

「……」

椅子に座る加奈子は、背筋がすっと伸びて姿勢が正しい。体の筋肉がしっかりしているからだろう。

先ほどの試合のときとは違い、濃い化粧は落とされている。

おそらく大急ぎでメイクを落としてきたのだろう。

(美しすぎるフィギュアスケーターという肩書は伊達ではないな。スッピンでも美人だ。しかし、こうして見るとどこにでもいる普通の美人女子大生だ)

加奈子の顔の筋肉が固い。緊張しているのが伝わってくる。

それは初対面のオジサンと食卓を共にしたら、当然の反応だろう。

服装が服装なだけに、社の採用試験にきた女子大生のようだ。

場を和ませるために、冴子が華やかな声を出す。

「まずは食事にしましょう。わたしお腹がすいちゃった。注文はこちらでしておいたわ。加奈子は、なんでも食べられるんでしょ?」

「はい」

加奈子は頷く。

ほどなくウェイターが料理を運んできた。

「うん、ここのボルシチは絶品ね」

「ああ、温まるね」

冴子の感想に、耕作は相槌《あいづち》を打つ。

「加奈子ちゃんも遠慮しないで食べてね。試合のあとだし、お腹空いているでしょ」

「はい。ありがとうございます」

食べはじめたら、さすがはスポーツ選手。普通の女子大生ではありえない健啖家《けんたんか》ぶりを示す。

その光景を見ながら耕作は、高力ゆかりが加奈子の大ファンだったことを思い出した。

(ここにゆかりがいたら、羨ましがっただろうな)

食事をしながら、大人のほうから打ち解ける努力をすべきだろうなと考えた耕作は口を開いた。

「新田さんは大学生でしたよね。スケート選手と大学生の二足の草鞋《わらじ》とはすばらしい。

いつごろからスケートを始められたのですか？」

「家の近所にスケートリンクがあって、物心がついたときにはスケートシューズを履いていました」

「ほぉ、環境が人を育てるというやつですね」

そんなたわいのない会話をしているうちに食事が終わり、食器は片付けられた。代わって三人の前にはロシアンティが配される。ここで冴子は改めて切り出す。

「ああ、美味しかった。さて、それでお話なんだけど」

「はい」

そらきた。

耕作と加奈子を引き合わせたのに、思惑がないはずがない。

しかし、加奈子が、冴子を止めた。

「半沢さん、わたしからお願いするのが筋だと思います」

「そう、わかったわ」

冴子が口を閉じた。

加奈子は姿勢を正し、耕作をしっかり見据えた。

そのストイックな雰囲気は、まるで現代に生きる女騎士か、女剣士のようだ。

若干躊躇《ためら》ったあと、加奈子は口を開く。

「初対面の方にこのようなことをいうのは、心苦しいのですが、見栄を張ってもいられません。恥を忍んでお願いします。援助していただけないでしょうか?」

「ふむ」

まぁ、いまの耕作に会いたいという人間の用事が、金の無心であることは想像にがたくない。

会社を売却したあと、幾度となくこの手の話を聞いてきた耕作はいささか失望する。

それを察したのだろう。冴子がフォローしてくる。

「スケートってお金がかかるスポーツなのよ。スケート靴はすぐにダメになるし、衣装も特別仕立て。それに海外への遠征時の交通費に宿泊費。コーチの給料。練習場の使用代もバカにならないわ」

「はい」

加奈子は言葉少なく頷く。

しゃべりのプロである冴子が、さらに続ける。

「日本人ってスポーツが好きなくせに、お金は出さないでしょ。それに昨今の感染症なんかの影響もあって、どこの企業も販促に出す資金が渋いの。クラウドファンディングなんかもしたんだけど、ぜんぜん足りないわ」

「新田さんクラスの方でもそうなのですか？」

耕作は軽く驚く。

加奈子はフィギュアスケート界のスーパースターだ。

彼女で金策に苦労するようでは、スケート界全体の状況は推して知るべしといったところではないだろうか。

「ええ、困っている新田さんを見るに見かねてね。あなたを紹介することにしたの。なんとかしてあげられないかしら？」

たしかにいまの耕作は、使い途《みち》の決めていない金がかなりあった。

しかし、無心してきた者に際限なくあげるのは、節度に反するというものだろう。

いずれ、近いうちになにか事業を改めて始めるつもりである。そのときの運転資金は多いに越したことはない。

耕作はロシアンティーのジャムを舐めながら質問した。

「それで、いくらぐらい必要なのですか？」

「で、できたら？　こ、これぐらい」

加奈子は恐るおそるといった様子で、右手の指を一本立てた。

「一億ですか」

「い、いえ、一千万でも……」

加奈子は慌てて訂正をしようとした。それを耕作が遮る。

「どうもあなたの様子を見ているとスケート業界そのものが困窮しているようですね。よろしい。ぼくがなんとかしましょう」

決断した耕作の行動は早かった。ただちにスケート協会に運転資金を入れて、常任理事となったのだ。

そして、経営を徹底的に見直して、協会の業務を改善した。

*

「あ、山影さん」

スケート協会の常任理事となった耕作が、練習場に見にいくと、スケートリンクの上を試合用の黒地に赤い炎の刺繍の入ったフィギュアスケート装束の加奈子が弾んだ声で滑り寄ってきた。

「どうですか？　少しは練習に集中できるようになりましたか？」

「はい。山影さんが理事となってくれてから、わたしだけでなく、他の子たちもお金の苦労をしなくてよくなりました。本当にありがとうございます」

「いえいえ、あなたたちに気持ちよく練習できる場を提供するのが、我々、裏方の仕事ですよ」

感謝されるのは悪い気はしない。耕作は鷹揚《おうよう》に応じた。

「ほんと、山影さんにはなんとお礼を言っていいか。……あの、山影さん、いま時間ありますか？」

「ええ」

「少し時間をいただいても」

若干躊躇いがちの加奈子に向かって、耕作は大仰に一礼した。

「妖精女王の仰せのままに」

「もう、ふざけないでください」

軽く頬を膨らませた加奈子はリンクから出ると、スケート靴を脱いで、シューズに履き替えた。

どうも改まった話があるようなので、落ち着いて話のできる会議室に行く。

「どうぞ」

耕作が従者のように扉を開き招き入れる。

八畳ほどの部屋には、脚の低いガラスのテーブルがあり、それを挟むようにして黒革の長椅子が一対《つい》あった。

フィギュア装束の加奈子は黒革のソファに、膝を揃えて座る。

「紅茶を淹《い》れよう」

「あ、いえ、そんな悪いです」

「なに、最近、ちょっとハマっていてね」

耕作は手ずから紅茶を淹れた。

「どうぞ」

「ありがとうございます。いただきます」

加奈子の前のテーブルにティーカップを置き、テーブルを挟んだ迎えの席に耕作は腰を下ろす。

「……」

加奈子が紅茶を飲むさまを、耕作は観察する。

(いやはや、マスコミは美しすぎるフィギュアスケーターと呼ぶが、実に言いえて妙ですね)

体にぴったりとしたスケート衣装は、女の曲線の美しさを見せることを考えて作られたものだ。それを前にして、耕作は眼福《がんぷく》を楽しむ。

身長は百六十六センチ。体重は五十四キロと書類にはあった。

ストイックな加奈子は、シャープでありながら、大人の女としての色気も感じさせる。

紅茶を飲み終えた加奈子は、両膝を閉じて、股間のあたりに両手を置いてモジモジさせた。

「あっ、寒いですか？　なにか羽織るものでも用意させましょう」

「いえ、大丈夫です」

スマートフォンを取り出そうとした耕作を、加奈子は慌てて止める。

フィギュア衣装の首回りや太腿などは、素肌をさらしているように見えるが、実は薄いタイツのような生地がついていて保温性はあるのだ。

「それでお話とは？」

耕作に促された加奈子は、慌てて口を開く。

「え、えーと、山影さんにはほんとうによくしてもらって感謝しています」

「そんな改めてのお礼は不要ですよ。あなたのような才能に恵まれた方に、お金などというつまらないことで苦労させないことが、ぼくの仕事です」

「ありがとうございます。でも、なんのお礼もできないのが、すごく心苦しくて」

加奈子は本当に申し訳なさそうな顔をする。

「そんな気遣いは無用だよ。どうしてもお礼をしたいというのなら、オリンピックで優勝してください。それがなによりのお礼だ」

「もちろん、オリンピックには優勝します。それはわたしの夢ですから。で、ですが、その夢の手助けをしてくれた山影さんになにかお礼がしたくて。その……こんなことでお礼になるかどうか、わからないのですが、ごくり」

軽く唾を飲んだ加奈子は、頬を染め視線を反らしながら思いきったように口を開く。

「わ、わたしの体ではお礼にならないでしょうか？」

「えっ!?」

さすがに驚く耕作に、慌てた加奈子は身を乗り出して言い募る。

「山影さんに出していただいた大金に、わたしの体なんかで見合うとは思いませんけど……いちおう、処女ですから。少しは付加価値があるのではないかと……」

加奈子の言い分に、耕作はいささか腹が立った。

「新田さんは、ぼくをそういう男だと思っていたんですか？　それは少し、いや、かなりの侮辱ですよ」

加奈子は慌てて頭を下げた。

「いえ、ごめんなさい。山影さんがそのような方ではないとわたしもわかっていました。わたしが本心を偽っていました。わたしが、山影さんに抱かれたいんです」

「はぁ?」

意味がわからず、耕作は加奈子の頭頂部を眺める。

「それは、なんの冗談ですか?」

顔を上げた加奈子は、頰を染め、両手で股間のあたりを押さえながら、両膝をモジモジさせる。

「山影さんみたいな方には、わたしみたいな小娘など食指が動かないかもしれませんが……。わたし、山影さんに抱かれたくて、その、たまらないのです」

その言い分が理解できずに、耕作は慌てる。

「いえいえいえ、キミは美しすぎるフィギュアスケーターと呼ばれ、次回のオリンピックの金メダルを期待されている、いわば日本の星だよ。男なんてより取り見取りだ。ぼくみたいなオジサンに惚れるというのはありえないだろう」

「たしかに、いまのわたしにとって、スケートがすべてです。しかし、同時に二十歳のどこにでもいる女子大生にすぎません。好きな男性に抱かれたいというのはそんなに変なことでしょうか？」

不意にシューズを脱いだ加奈子は、黒いスケート衣装のまま両手をテーブルの上に載せて前かがみとなった。いわゆる女豹のポーズと呼ばれる姿勢だ。

高く掲げた尻を左右にくねらせながら、発情した顔で近づいてくる。

「いや、そういうことを言われると、誤解してしまう」

「わたし、冗談でこんなことはしません」

加奈子は衣装の胸元に指をかけると、ぐいっと引き下ろした。

左の胸元が露出して、白い乳房が覗く。衣装越しにもわかっていたことだが、スレンダーな体系のわりには大きい。うつ伏せになっていることで、かなりの巨乳に見えた。先端の赤い乳首がまるで華のようだ。

「……っ」

耕作は息を飲む。

さすがは日本、いや、世界の人々を熱狂させているトップアスリートだ。人を魅了する方法をよく心得ている。

(やばい。これはなにかの夢か)

手を伸ばせば抱ける距離に、あの新田加奈子が乳房を露出させながら四つん這いになっているのだ。

欲望に負けそうになっている耕作に、濡れた大きな唇が開閉して、甘く囁《ささや》く。

「山影さんは独身なんでしょ？」

「は、はい」

「ならいいじゃありませんか。別に不倫というわけでもないのですし、わたしを山影さんの女にしてください」

瑞々《みずみず》しい唇に、口づけしたいという誘惑を耕作は必死に我慢した。

テーブルの上で四つん這いになった加奈子は、耕作が抵抗しないことをいいことに、ズボンに手をかけた。

それから、慌てたように顔をあげる。

「あ、勘違いしないでくださいね。別に玉の輿《こし》を狙っているというわけではないんです。ただ、わたしが山影さんに抱かれたいだけなんです」

「……」

「わたし、最近、変なんです。寝ても覚めてもいつも頭の片隅に、山影さんのことがあって。山影さんに抱いてもらいたいって。山影さんは、あの半沢冴子さんみたいな素敵な女性を愛人の一人にして、ほかにもいっぱい愛人がいるんでしょ。だから、わたしみたいな小娘なんていまさら興味がないとは思います。でも、わたし、諦めきれなくて。山影さんのことが気になって、このままでは、スケートにも集中できなくなってしまうかもしれない」

耕作は返事に困った。

加奈子に好意を寄せられて嬉しくないわけではないのだが、それを素直に受け入れるには、耕作の中の良識が邪魔をした。だからといって、振り払うほどの聖人にもなれない。なんとも中途半端な気分で固まっているうちに、加奈子は耕作のズボンの中から逸物を引っ張り出した。

必死に我慢している耕作の理性とは裏腹に、逸物のほうは元気いっぱいに屹立していた。

「うふふ。これが山影さんのおち×ちんなんですね。素敵です」

うっとりした加奈子は、逸物を愛しげに両手で挟んだ。

「ちょっと、新田さん」

「わたしが勝手にご奉仕しますから、山影さんは紅茶でも飲んでくつろいでいてください」

「はい」

加奈子の迫力に負けた耕作は、言われるがままにティーカップを手に取った。

そして、ゆっくりと口に運ぶ。

(うん、我ながらよい出来だ)

紅茶の香りを楽しみつつ、喉に流し込む。

加奈子のほうは、ためつすがめつ逸物を見ていたが、やがて納得した顔で頷く。

「ここ、舐めればいいんですよね」

大きく口を開いた加奈子は、赤い舌を伸ばすと、亀頭部の裏筋に添えた。そして、ペロリと舐め上げる。

「うっ」

耕作は思わず呻いてしまった。

ペロペロペロ……。

加奈子の濡れた舌は、裏筋を舐め降りていった。そして、肉袋に接吻して、睾丸をチロチロと舐める。

初めてだというだけあって、上手いとは言いかねるが、真摯《しんし》さを感じられる舌遣いだ。

それにやはり、「あの新田加奈子に舐められている」という思い入れは、なによりも媚薬である。

ややあって加奈子が不安そうに顔を上げてきた。

「あの、気持ちいいですか?」

「はい」

言葉少なく応じる耕作に、加奈子は困った顔で質問してきた。

「その……恥ずかしながら、わたし、こういうことは初めてで、どうやったら男性が喜んでくれるのか自信がなくて、教えていただけると助かります」

「そうですね。男は基本的に先端の亀頭部を舐められると嬉しいものですよ」

「わかりました」

加奈子は素直に、亀頭部を舐めはじめた。

ペロペロペロ……。

陰茎小帯から尿道口を一生懸命に舐めている。

見かねた耕作が、さらなる指示を出す。

「今度は亀頭部を咥えて、口の中で舌を動かしてごらん」

「はい。うん、うん、うん……」

加奈子は素直に亀頭部をカプリと咥えた。

手にしたティーカップの下のほうからは、加奈子の鼻を鳴らす音が聞こえてくる。口が塞がっているから、どうしても鼻息が荒くなってしまうのだろう。

(これはまた、なんとも贅沢すぎる体験だな)

美しすぎるフィギュアスケーターにフェラチオをしてもらいながら飲む紅茶は、なかなかに乙《おつ》な体験である。

やがて紅茶を飲み終えた耕作は、空になったティーカップをテーブルに下ろすと、右手で加奈子の頭髪を撫でてやった。

「うむ……」

逸物を口に頬張っている加奈子は、嬉しそうに目を細める。

「上手ですよ。そのまま頭を上下させて」

耕作は、華やかなフィギュア衣装の背中を撫で下ろしていき、そして脇腹から前に回した。

「ふぅ」

加奈子が鼻息を吐く。

耕作の両手が、それぞれ加奈子の豊かな乳房を手に取ったのだ。

（おお、この大きさといい、重量感といい、まさに芸術的なおっぱいだな）

女優の高力ゆかり、アナウンサーの半沢冴子、新人アイドルの松倉珠理亜、佐藤蜜柑、岸原みなみ、いずれも世間的に見れば、他の追従を許さない美貌を誇った女たちだった。しかし、加奈子の体は魅せることを追求した究極体である。

手に吸いつくような柔らかさに酔いしれた耕作は、そのまま乳首を摘まんだ。

「うん……」

逸物を咥えたまま、加奈子は甘い鼻息を漏らす。

すでに乳首はビンビンにしこり立っていたので、コリコリコリとこね回してやる。

「ふっ、ふん、ふ〜ん……」

鼻息を鳴らしながら、加奈子の美体がビクンビクンと痙攣している。

（いやはや、感度がいいな。これは若さか、それとも健康であるがゆえかな）

そんなことを考えながら乳首を弄っていると、やがて全身から力が抜けた加奈子は逸物を吐き出して、蕩けてしまった。

「ああ、山影さん、そこを弄られているとわたし、体が動かなくなってしまいます」

「ふふ、乳首に触れただけだというのに、加奈子は意外と好き者だったんですね」

「はい。わたし、スケベなんです。スポーツをしていると、それで性欲が発散されるって聞きますけど、わたしは、性欲を持て余して悶々としてしまっています。これを山影さんに鎮《しず》めていただきたいのです」

肉棒に頬ずりしながら懇願されて、耕作は堕ちた。

日本の宝というべき少女に手を出すことは、躊躇《ため》いと罪悪感を覚えるが、もはや男として我慢の限界だ。

「仕方ない。少し仕込んであげましょうか？」

嗜虐的な目で見下ろした耕作は、発情しきっている加奈子に命じる。

「はい。わたしを山影さんの愛人に、いえ、肉便器にしてください」

「まったく、どこでそんな言葉を覚えてきたんだか。とりあえず、おっぱいで、おち×ちんを挟んでもらいましょうか？」

「あ、それ、知っています。パ、パイズリというやつですね」

加奈子は嬉々として、机と椅子の狭間《はざま》に体を降ろすと、膝を開き蹲踞《そんきょ》の姿勢で、胸を前に出し、唾液に濡れた逸物を白い乳房の谷に入れた。

「あ、温かい」

胸の谷間に逸物を挟んだまま加奈子は恍惚と溜め息をついた。それから一生懸命に、上体を上下させはじめる。

（うわ、あの新田加奈子が、ぼくのおち×ちんにパイズリしている）

若い男であったなら、あっという間に搾り取られてしまっただろう艶姿だ。しかし、耕作は四十男だ。そう簡単に暴発させるようなことはない。

まして、極上の女という意味なら、決して今回が初めてではないのだ。

「乳首をおち×ちんにこすりつけるようにして上下させてください」

「はい。ああ、これ、乳首がこすれて気持ちいいです」

「ふふ、まだまだ、これからもっと気持ちよくなってもらいますよ」

嗜虐的に笑った耕作は両手を伸ばすと、加奈子の胸元をさらしたフィギュア衣装の両端を摘まんで引っ張り上げた。

「ああん」

加奈子は甘い悲鳴をあげた。

レオタードのような服を、上に引っ張られたのだ。股繰《ぐ》り部分が食い込んだことだろう。

肉割れに入った布地が前後するように、生地を動かしてやる。

「や、山影さん、そんなことをされたら、わたし、わたし、ああん」

パイズリしながら蹲踞の姿勢になっている加奈子は、紐状となった股布から熱い蜜をポタリポタリと滴らせ、床に小さな池を作った。

「ああん、こんなの恥ずかしい。でも、気持ちいい〜〜〜!?」

ビクンビクンビクン。

加奈子の体が痙攣して、耕作の股間に崩れ落ちた。

「はぁ……はぁ……はぁ……」

どうやら軽い絶頂に達したらしい。

逸物に頬ずりしながら加奈子は荒い呼吸を整える。そして、トロンとした顔で懇願してきた。

「お願いします。わたしを、山影さんの愛人に加えてください」

「愛人はダメだな」

耕作の返事に、加奈子は絶望の表情になる。

それを慰めるように、耕作は破顔した。

「ぼくはまだ独身だよ。独身では愛人は持てないだろう」

「っ！」

息を飲む加奈子に、耕作は頭《こうべ》を垂れる。

「恋人でよかったら、付き合ってください」

「はい。恋人でお願いします」

歓喜した加奈子は、耕作の首に抱きついてきた。

加奈子は、両膝を耕作の腰の左右に置き、夢中になって唇を重ねてくる。

「うん、うむ、ふむ、うむ……」

妖精女王の唇を堪能しながら耕作は両手を下ろし、加奈子の黒い布地に包まれた尻を摑む。

ぱんっと張ったいい尻だ。それを撫で回す。

やがて発情しきった顔の加奈子が、顔を上げた。

「山影さん、わたし、もう我慢できません。この逞しいおち×ちんで、わたしを女にしてください」

「キミは表現者だろう。おねだりを全身で表現してみなさい」

「……」

少し考えた加奈子は、耕作の膝の上から降りると再び机の上に乗り、尻を耕作に向けながら、振り返った。

スケート装束のミニスカートはたくし上げられ、中のパンツはまたぐり部分に食い込んでしまっている。おかげで引き締まった尻が完全に丸出しなのはもちろん、大陰唇まで露出していた。

まるで失禁したかのように蜜が溢れ、黒い生地を濡らしている。

そこに右手を尻の外側から回した加奈子は、紐状態となっている股布を鰯る。

「山影さん、見てください。わたし、こんなになっちゃっています」

「ああ、キミの気持ちが本物だということはよくわかったよ」

観察者に見せつけるように加奈子は、股布を右にずらす。

中にはまだパンストと白いTバックショーツがあった。

しかし、濡れてぴったりと貼りついているために、女性器の凹凸が浮き出してしまっている。その淫姿に魅せられた耕作は思わず身を乗り出して質問してしまった。

「これ、破いていいかい」

「はい。新しい試合用の衣装は、山影さんのおかげで調達できましたら、これはもう不要です」

「そうか、ならば遠慮なく」

手を伸ばした耕作は、前回の世界大会で加奈子が優勝していたときに着用していた装束。そのパンストを破き、中にあった白いTバッグショーツの股布を右に避ける。

中から窄まった肛門と、鮮紅色の媚肉があらわとなった。

（これが新田加奈子のオマ×コか。さすがに美しい）

客観的に見れば、二十歳の女子大生の女性器にすぎない。しかし、現在、世界でもっとも人気と実力のあるフィギュアスケーターの女性器と思えば、まるで光り輝いているかのようにみえる。

耕作は人差し指を伸ばすと、包皮から少し頭を出している陰核に添えた。

「ああん」

女の急所を捕らえられて、加奈子はビクンと震える。

プシュッ。

少しお湯を吹いた。

「妖精女王は、オマ×コも妖精女王ですね。なんて綺麗なオマ×コなんだ」

「ああん、そんなに見られると、恥ずかしい。ああ、でも、見て、見てください。わたし、山影さんにすべて見られたいんです」

「はは、見るだけでは我慢できないな」

嘯いた耕作は、肉感的な尻の谷間に顔を埋めると肛門から会陰部、そして、濡れそぼった媚肉の中にまで舌を入れた。

「ああん、恥ずかしい。恥ずかしいのに、すごく、滅茶苦茶、ああ、気持ちいい〜。

ああ、山影さんの舌で舐められるの、最高です」

　耕作の舌は、美しすぎるフィギュアスケーターの秘部を舐め穿《ほじ》り、膣孔の奥にまで舌を入れた。そして、こね回す。

「うほ、うおお、そ、そんなところまで、気持ちよすぎます。ひぃぃぃぃぃ」

　ビクビクビクビク……。

　自分の倍の年齢の男に、陰部を執拗に舐めしゃぶられて加奈子は絶頂してしまった。ガラスの机の上にぐったりと脱力した加奈子は、恥ずかしそうに後ろを見てくる。

「やっぱり、女の扱いが上手なんですね……」

「ぼくなんてそれほどではないと思いますよ。受信側。すなわち、新田さんの体が素晴らしいんです」

　耕作は立ち上がった。そして、加奈子の引き締まった尻を摑むと、濡れそぼった膣孔にいきり立つ逸物を添えた。

「本当にいいんだね」

「はい。わたし、山影さんに抱いてもらえないと、スケートに集中できません」

「まったく、どうしてぼくなんかに……。キミならいくらでも素敵な男を捕まえられるのに」

耕作の慨嘆《がいたん》に、加奈子は首を横に振る。

「好きになってしまったのだから、仕方ないではありませんか。それにわたしにとって、いまスケートはすべてです。普通の恋愛なんてしている余裕はありません。でも、生身の女ですから、抑えがたい性欲があります。それが山影さんの愛人になれば、解消できるんです。だから、この取引はわたしにとって一石二鳥なんです」

「なるほど、しっかり考えているんだね」

納得した耕作は、ゆっくりと腰を進めた。

「あ、山影さん」

「なんだい？」

この期《ご》に及んでの制止に、耕作はいささか驚く。

加奈子はおどおどしながら口を開いた。

「わたし、その……日常的に大きく股を開いていますから、処女膜はなくなっているかもしれません。でも、初めてですから、誤解しないでください」

「わかっているよ」

優しく請け合った耕作は、今度こそ逸物を押し込んだ。

ズルズルズル……。

柔らかい肉の摩擦を感じながら、肉棒は押し進む。

（くっ、柔らかい筋肉なのに、なんという締めつけだ）

膣洞の締まりというのも、結局は筋肉に依存するということだろう。鍛え抜かれた体をした加奈子の膣洞の締まりは、耕作がかつて体験したことのないものだった。それでいて、単に締まるというわけではない。ザラザラの肉がヤワヤワと締めてくるのだ。

なんとか根元まで押し込んだところで、四つん這いの加奈子が溜め息をついた。

「ああん、これが山影さんのおち×ちん、夢見ていたものよりもすっごく大きいです」

「大丈夫かい？」

加奈子は眉を寄せながら、しばし自《みずか》らの体の様子を窺ったあとに頷く。

「は、はい。ごめんなさい。やっぱり、わたし、処女膜はなかったみたいです。ぜんぜん痛くありません」

「そんな、謝るようなことじゃないさ。むしろ、痛くないのなら、初めてでも思いっきり楽しめるだろう」

耕作の質問に、加奈子は嬉しそうに頷く。

「はい。山影さんのお好きなようにお願いします。わたし、体の柔らかさには自信がありますから」

「はは、よし、ならいろいろ試してみよう」

絶世の美女とのセックスを楽しめるということで、耕作の心は躍った。

まずは手初めに、四つん這いになっている加奈子の尻を抱き、腰をリズミカルに前後させる。

「あん、あん、あん、山影さんのおち×ちんが、あん、奥に、し、子宮に届いています。あん、奥をズンズンされるの、気持ちいいです」

「なるほど」

どうやら、本当に加奈子は、まったく破瓜の痛みを感じていないようだ。

(さて、どうするかな?)

加奈子の体は素晴らしい。見た目がいいだけでなく、感度も抜群にいいようだ。

普通にセックスするだけで、十分に楽しめることは想像がついた。

しかし、加奈子が、耕作とのセックスで望んでいるのは、性に熟練した大人の技で思いっきり楽しませてもらうことではないだろうか。

(ぼくは、それほどセックスが得意というわけではないんですけどね)

加奈子のほうは、耕作のことを女の扱いに長《た》けた大人の男として認識しているようなのだ。

せっかく期待して体を預けてきたというのに、応えられないのは男として申し訳ない気分になる。

(まぁ、やれるだけやってみますか)

覚悟を決めた耕作は、加奈子の右足を抱《かか》え上げると、俗にいう燕返しの体位となった。

「ああん、ねじれる。オマ×コがねじれます」

「でも、痛くはないんだろ」

「はい。気持ちいいです。ああん、山影さんのおち×ちんにズボズボされるの、わたし、これが夢だったんです」

加奈子が喜んでくれているのが嬉しくなった耕作は、欲望の赴《おもむ》くままに腰を振る。

亀頭部が子宮口をコツコツと突き上げる。

「あん、あん、あん、あん、あああん、奥、すごい、体の最深部まで届く山影さんのおち×ちん、気持ちよすぎます。わたし、もう、らめぇぇぇ」

四十男の逸物に掘られて、二十歳の女は背筋を逸らし、大きく開いた口から涎を噴きながらビクンビクンと痙攣している。

（イッたのかっ!?　くっ、なんて締めつけだ）

加奈子の膣洞が絶頂痙攣を起こしていた。肉棒をキュッキュッと吸い上げてくる。耕作がもう少し若ければ、あっという間に搾り取られてしまったことだろう。しかし、そこは四十男。気合いでぐっと耐える。

「ふぅ〜」

なんとか耐えきった耕作は感嘆の溜め息をつく。

（いやはや、なんてオマ×コだ。ザラザラの上に吸いつくような吸引力。まさに男殺しだな。そのうえ、スタイルがいいだけでなく、体が柔らかくてどんな体位にも対応できる。さらには、感度も抜群ですか）

まさに女として非の打ちどころがない。セックスを楽しむだけなら、理想的な女体だ。

（こんなにすごい体だと、せっかくですから、いろいろな体位を試してみたい）

好奇心を抑えきれなくなった耕作は、加奈子と結合したまま立ち上がった。

「ああん」

はじめて男にイカされた余韻に浸っていた加奈子は驚きの声を漏らす。

加奈子は両手を机に着いたまま、左足一本で立ち、右足をピンと天井に向けた。股関節の柔らかさとバランス感覚がなければできない体位だ。

「では、新田さんのお望みどおり、思いっきり楽しませてあげますよ」

「ああん、お願いします。わたしの体、山影さんのおち×ぽがすっごく馴染むんです。女として仕込んでください」

すっかり男根の味に酔いしれている女に向かって、耕作は思いっきり腰を振った。

ズン！　ズン！　ズン！

「ああん、奥に当たる。ああん、奥を突かれるの気持ちいい、気持ちいい、気持ちいい、気持ちいいんです」

天才美人フィギュアスケーターといえども、男根に貫かれているときは、ただの女、といいたいところだが、普通の女では楽しめないアクロバティックな体位を楽しめる。

そのうえ、感度抜群で、体力もあるからいくらやっても飽きない。耕作は夢中になり、さまざまな体位で加奈子を犯した。

そのたびに加奈子は、ビックンビックンと体を激しく痙攣させながら絶頂を繰り返す。

（ヤバイ。この体はいくらでもできる。無限に男を吸い取る魔性の体だ）

しかし、耕作は普通の四十男だ。一度射精したらおしまいである。必死に射精を我慢しながら腰を振るった。

「ひっ、ひぃっ、ひっ、山影さんのおち×ちん、気持ちよくって、ああ、頭、おかしくなっちゃう」

「おかしくなっていいんですよ。セックスは本能の赴くままに楽しむものですからね」

破瓜中の乙女は、大人の男の逸物に穿り回されて、連続絶頂を繰り返した。

おかげで女騎士のようにストイックだった顔立ちが、大口を開けて、涎を垂らして喘ぐ。見るも無残なアヘ顔になってしまっている。

「あひっ、また、また、イキます、イッてしまいます。あああ」

「それじゃ、そろそろ最後だ。最後はこういうのはどうかな?」

絶頂痙攣を繰り返す凶悪な膣洞の中で、なんとか耐えていた逸物ももはや限界だ。

しかし、そんな男根の悲鳴など露とも漏らさず、耕作は余裕の表情で語る。

「えっ」

耕作は、加奈子をソファに押し倒すと、その腰を抱え上げてマングリ返しの姿勢を取らせて逸物を叩き込む。

ガツン！　ガツン！　ガツン！

男女の恥骨がぶつかり、砕けそうな勢いで腰を使う。

「ああ、気持ちいい！　気持ちいい！　気持ちいい！」

破瓜の最中だというのに、まったく痛みのない加奈子は、陰部から飛沫をあげながら歓喜した。

健康な体というのは、感度も素晴らしいものなのだろう。加奈子は本当に気持ちよさそうだ。

「くっ、いきますよ」

「えっ!?」

加奈子はとっさに意味がわからなかったのだろう。驚きの声とともに目を見開く。

こうして、大人の男として、若い娘に男根の味をたっぷりと教え込んだ耕作は、欲望を爆発させた。

ドクンッ！　ドクンッ！　ドクンッ！

「あ、ああ、ドンドン言ってます。山影さんのおち×ちん、わたしの中でドクンドクン。これ、最高に気持ちいいです！　ああ、イク――――っ!!!」

ここまでさんざんにイカされた加奈子だが、膣内射精の気持ちよさは別格だったのだろう。

いままで以上にビックンビクンと痙攣しながら絶頂した。

男と女が同時に絶頂する心地よいシンクロを堪能したあと、ぐったりと脱力した加奈子から耕作は逸物を抜く。

その光景を見ていた加奈子が、残念そうに溜め息をついた。

「コンドーム、使ったんですね」

「日本の宝といえるキミを、まさか妊娠させるわけにはいかないだろ」

「そ、そうですね……」

身を起こした加奈子は、耕作の半萎えとなっている逸物からコンドームを引き剝がした。

その使用済みのコンドームの中身をしげしげと眺めていた加奈子は、次の瞬間、それを口に含んだ。そして、くいっとあおぐ。

「っ!?」

驚く耕作の前で、加奈子は口内の液体を舌で堪能したあと、ゴクンと喉を鳴らした。

そして、啞然としている耕作に向かって、ニッコリと笑う。

「美味しい。これが山影さんのザーメンなんですね」

「ああ」

気を飲まれている耕作に向かって、頰を紅潮させた加奈子はさらに追い討ちをかけてきた。

「オリンピックで金メダルを取ったら、ご褒美に生でやってくだいますか？」

「それは……。そのときキミの気持ちが変わっていなかったら、そうしよう」

思わず応じてしまった耕作に、加奈子は満足げに頷く。

「約束ですよ。オリンピックで金メダルを取ったら、山影さんに種付けしてもらえる。ああ、わたし、俄然やる気が出てきました」

喜び勇んだ加奈子は、練習を再開すべく身支度を整えながら、ソファで寛ぐ耕作に声をかける。

「こういうことは週に一回程度でお願いします」

「ああ、練習に差し障《さわ》るからね」

「それ以上はわたしが我慢できないと言っているのです。コンドームありでいいですから、一週間に一度はかわいがってください」

すっかりエッチに目覚めてしまった加奈子の懇願に、耕作は軽く頭を抱えた。

第五章　クルーザーで肉奴隷をアナル責めする方法

「あ〜、楽しかった。耕作の飛行機に乗っていると世界ってほんと狭く感じるよね」

リムジン内、耕作の向かいの席でパーマのかかったショートヘアに、ネイビーカラーのダボタボのシャツ、膝丈の短パン、黒いタイツといったユニセックスな装いをした高力ゆかりは、大満足といった顔でくつろいでいる。

「どういたしまして。いや〜、ゆかりが楽しんでくれて本当によかったよ」

高力ゆかりがオフの日は、山影耕作のプライベートジェット機に乗って世界を巡るのが習慣になってしまっていた。

インフラの整備された日本国内を移動するだけでは、プライベートジェット機の利点はあまり活かせない。

税金対策で買ったわけだが、宝の持ち腐れだと後悔している部分もあった。

しかし、休みごとにゆかりとのデートで使うようになって、買ってよかったという気分になれている。

世界旅行を満喫した耕作とゆかりは、リムジンで耕作のマンションに向かっていた。いうまでもなく、都心の一等地にある億ションといわれるタイプの代物だ。

セキュリティは完璧である。

リムジンは地下の駐車場に入り、車から降りたところで、ゆかりは耕作の腕に抱きつく。

「これからしっぽり楽しもうね」

「ああ、今夜は寝かさないぞ」

「もう、耕作ったらエッチなんだから」

イチャイチャしながらエレベータに乗る。誰もいないのをいいことに、二人は互いの体に軽くペッティングする。

さらに我慢できずに、接吻をしていると最上階に到着。

エレベータのドアが開くと、そこには一人の女性が立っていた。

「っ!?」

ぎょっとしたゆかりはとっさに、耕作の背後に隠れる。

そこにいたのは、黒髪セミロングの背の高い若い女だった。

うっすらと日焼けした健康的な彼女は、耕作の顔を見ると満面の笑顔で声をかけてくる。

「おじさま、お待ち申しておりましたわ」

女にしては背が高く、抜群のスタイルを見せつけるように、臍出しのミニTシャツと、美脚をさらしたホットパンツをはいている。飴色をした生足が眩しい。二十歳前の健康的な美少女。すなわち、アイドルグループ二見坂47の一員。チームMのリーダー松倉珠理亜であった。

「珠理亜か？」

冷や汗を流しながら耕作は、ゆかりを必死に背中に隠す。

ゆかりは、映画、テレビドラマを問わず主役を張るノースキャンダル女優だ。

耕作との関係が下手《へた》に露見すると仕事に影響するかもしれない。ゆかりの仕事が減るということは、ゆかりの個人的な問題にとどまらなかった。すでに動きだしているいくつものプロジェクトに影響が出て、事務所やスポンサーにも多大な迷惑をかける。

近づくなという耕作の無言の願いなど素知らぬ顔で近づいてきた珠理亜は、輝く笑顔で大きな包みを差し出してきた。

「あたしの写真集が出たから届けにきたんです。初めての単独写真集なんですよ」

「ああ、ありがとう。しかし、どうしてここに？」

戸惑いながらも写真集を受け取った耕作は、不審に思う。

セキュリティは万全のマンションである。住民以外の者が、ふらっと来て入れる場所ではない。

その疑問を、珠理亜はあっけらかんと笑い飛ばした。

「おじさまの秘書の方に言ったら、通してくれました」

「あ、ああ……なるほど」

珠理亜が耕作の恋人の一人であることは、秘書ならば承知しているだろう。それで気を利かせたつもりだったということか。

珠理亜とは、定期的に肌を合わせているのだから、嫌いではない。

しかし、この場合、ゆかりのほうが大事だ。

ゆかりを守るために、珠理亜を追い返す方法を思案するが、珠理亜のほうとてわざわざ耕作のマンションで待っていたのだ。

当然、写真集を届けるという口実で、エッチを楽しんでいくつもりであっただろう。

それなのに耕作が他の女を連れて帰宅したのだ。面白いはずがない。

しかし、そんな内心を露ほども感じさせない、まさに芸能人らしい爽やかな笑顔を浮かべて、珠理亜は小首を傾げる。

「おじさまは、デートでしたか？」

「あ、ああ……まぁ、そんなところだ」

「おじさまの恋人って、きっと美人なんだろうな」

止める間もなく珠理亜は、好奇心を満面にたたえた顔で、耕作の背後を窺う。

そして、ゆかりの顔を見てしまった。

「うわ、高力ゆかりだっ!?」

あまりの予想外の大物に、珠理亜は吃驚の声を張り上げる。

「うわー、し、しー」

「うむ……」

耕作は慌てて、珠理亜の口を押さえる。

ワンフロアすべて耕作の所有とはいえ、下の階に聞こえるかもしれない。

息ができずに悶える珠理亜と、それを押さえる耕作の格闘を見ていたゆかりは、諦めの溜め息を一つつくと顔を上げた。そして、腕組みをしながら口を開く。

「そうだけど、キミは誰？」

ゆかりは、いま売り出し中の新人アイドルの顔を把握していなかったようだ。

しかしながら、耕作の自宅の前で出待ちをしていたのだ。耕作の女だと悟ったのだろう。なんとも攻撃的な口調だ。

耕作の腕から抜け出した珠理亜は、爽やかな笑顔で応じる。

「初めまして。あたしは松倉珠理亜といいます。二見坂47でチームMのリーダーを務めています。あと、現役の常夏ガールなんですよ。高力さんも昔、常夏ガールをやっていたんですよね。つまり、後輩です」

「ふ〜ん」

腕組みをしたままゆかりは上から目線で、珠理亜を値踏みした。

珠理亜は十七歳、ゆかりは二十七歳とちょうど十歳の年齢差がある。

しかし、身長は珠理亜のほうが高い。ゆかりは百六十二センチなのに対して、珠理亜は百七十センチある。

珠理亜はラフなTシャツとデニムのショートパンツ、足もとは素足にサンダル。そんなラフな装いが似合うことに、むき出しの腕や太腿は、健康的に日焼けしており、まさに若く潑剌《はつらつ》とした美少女だ。

対するゆかりは、変装の意味もあるのだろう。ダボダボなネイビーのシャツと膝丈の短パン、黒いタイツ、足にはスニーカーといったユニセックスな装いだった。お洒落ではあるが、色気はない。

ゆかりは、チラリと耕作のほうを見る。

「耕作も若い女がいいの？」

「こらこら、そんなお局様《つぼね》みたいな台詞は言わないの。ぼくから見たら、どちらも若いよ」

「ふ〜ん」

もの言いたげな顔をしながらもゆかりは、面白くなさそうに視線を逸らす。

世間の知名度、および収入面でいえば、ゆかりの圧勝だが、若さは女の価値を高める。そのことを意識しない女はいないだろう。

それはゆかりといえども例外ではなかったようだ。

同じ男にやられている女たちの間には、バチバチバチバチと目に見えない火花が散っているようだ。

（ヤバイ、これは修羅場だ）

ユニセックスな装いの美少女と、健康的な美少女がマンションの玄関先で微妙な雰囲気で睨み合う。

幸い、他人が通る心配はない場所だが、込み入った話のできる場所でもない。

「ちょ、ちょっと、二人とも、とりあえず部屋に入ろうか」

耕作は冷や汗を流しながらも、ゆかりと珠理亜を自分の部屋に押し込んだ。

「……」

ダイニングルームに入った二人の態度は、対照的だった。

ゆかりは不機嫌そうな仏頂面《ぶっちょうづら》なのに対して、珠理亜のほうはニコニコした満面の笑顔で口を開く。

「おじさまって、高力さんと付き合っていたんですね」

「……」

どう答えたものか、言葉を探す耕作の前で、珠理亜はまくしたてる。

「さすが、おじさま。あのノースキャンダル女優と付き合っているなんて、やっぱりただ者じゃありませんね。あたし、高力さんって永遠の処女なんじゃないか、と思っていました」

「……勝手なことを」

珠理亜の発言を嫌味と取ったらしく、ゆかりは眉をしかめてそっぽを向いている。

仕方ないので耕作が口を開く。

「これは、あの、えーと、あれだ」

どう説明するのがいいかと言葉を探す耕作に、珠理亜はすべて察しているといった顔で笑う。

「安心してください。誰にもいいませんよ」

「それはどういう意味だい？」

意表を衝かれて戸惑う耕作に、珠理亜は人差し指を一本立てながら陽気に答える。

「あたし、おじさまが大好きですし、高力さんのことすっごく尊敬していますから。お二人の迷惑になるようなことは絶対にしません」

「ふぅ」

物わかりのいい娘でよかった、と耕作は安堵の溜め息をつく。しかし、それは早かったようだ。

茶目っ気たっぷりの表情で、両手を合わせた珠理亜は、おねだりしてくる。

「ただ、交換条件というわけではありませんけど、あたし連ドラに出たいな。主役でとは言いません。高力さんが主役のドラマの、脇役でいいですからあたしを出演させてくれませんかね。あたし、テレビドラマとかほとんど出たことがなくて」

耕作がゆかりの顔を窺うと、ゆかりは面倒臭そうに頷いた。

「わかったよ。ちょっと聞いてみる」

耕作はテレビ局の知人に電話をかけてみる。

「先日は先輩の顔を立てて、テレビの取材を受けてあげたんですから、今回はぼくのわがままを聞いてくださいよ」

先方からの返事を、部屋の住人に伝える。

「ゆかりが主演で、珠理亜が妹役の一クールだったらなんとかなるそうだ。これでいいか？」

「はーい」

「ぼくは、かまわない」

珠理亜は元気に応じて、ゆかりは仏頂面で承知した。

なんとか話をまとめた耕作が通話を切ると、満面の笑顔の珠理亜が抱きついてきた。

「だから、おじさま大好き♪」

「こら、やめなさい」

乳房を押しつけながら、頬にキスしてくる珠理亜をたしなめていると、その様子を窺っていたゆかりが不審そうに口を開く。

「あなたは耕作とどういう関係？　おじさまと呼んでいるけど。姪っ子？」

「いえいえ、違いますよ。あたしの母が、おじさまと同級生だったのでおじさまと呼ばせてもらっています。あたしとおじさまの関係を正確に言うなら、愛玩人形ですね」

「愛玩人形っ⁉」

ゆかりは目を剝く。

「いや、その……」

耕作が言い訳するより先に、珠理亜は明るく、あっけらかんと説明する。

「あたしは、おじさまとエッチすることで、いろいろと便宜《べんぎ》を図ってもらっているんですよ」

「つまり枕営業しているってこと？」

さすがにゆかりが、耕作に軽蔑した視線を向けてくる。

「いや、その……なんというか」

四十男が十代の少女と肉体関係があるというのは、なんともばつが悪い。

全身からイヤな汗をかいている耕作とは対照的に、珠理亜は悪びれずに応じる。

「まぁ、そんな感じです。ですから、おじさまと高力さんのことも応援させてもらいますよ。あ、そうだ。せっかくですから、これを機会にゆかりお姉さまと呼ばせてもらっていいですか？」

「はぁ？」

ゆかりは顔をしかめ、あからさまに「なにを言っての、この小娘」と言いたげだ。

しかし、珠理亜はめげない。

「今度のドラマで姉妹役なんですよね。それに常夏ガールの先輩と後輩だなんて、姉妹と同じですよ。ね、おじさま」

「いや、同意を求められてもな……」

頭をかく耕作をよそに、珠理亜はさも名案が思い浮かんだといった様子で、手を打つ。

「それじゃ、お近づきの印に、これから３Ｐを楽しみましょう」

「３Ｐ？」

あまりにも当たり前に提案された内容の意味がわからず、ゆかりは戸惑う。

しかし、珠理亜のほうは、耕作とエッチするとき、チームの仲間である佐藤蜜柑や岸原みなみを交えたハーレムセックスを常としているのだ。まったく抵抗がない。

困惑しているゆかりの背後に回った珠理亜は、小柄な先輩の両腋の下から手を入れて、双乳を摑んだ。

「あ、ちょっと……女同士でなにをっ!?　あん！」

「さすがゆかりお姉さま、いいおっぱいしていますね」

ルーズシャツの上から、珠理亜は手にした乳房を豪快に揉みまくった。

「こら、やめなさい」

背後から抱きつかれてしまったゆかりは、体格差もあって、珠理亜を振り払えない。

「そう女同士だからって毛嫌いすることはないですよ。サービスしますから」

まったく悪びれない珠理亜は、ゆかりのダボダボなシャツを奪う。

「うわ、エロい下着♪　ワコールディアだ。さすがゆかりお姉さま、いい下着をつけていますね。こんなエロエロな下着をつけてくるだなんて、おじさまとこれから、しっぽりと楽しむつもりだったんでしょ」

「よけいなお世話よ」

「そうじゃけんにしないでくださいよ。お・ね・え・さ・ま」

悪戯っぽく笑った珠理亜は、そのままゆかりをソファに押し倒した。

ゆかりに馬乗りとなった珠理亜は、眼下の赤い花柄の散りばめられたブラジャーを奪い取る。

そして、仰向けになっても盛り上がった形のいい乳房を見て感嘆の声をあげた。

「これが大女優、高力ゆかりのおっぱいですか？　さすがに綺麗。もう食べちゃいたいくらい素敵」

両手を組んで感極まるといったように全身をくねらせた珠理亜は、正面から美乳を両手に取ると、ピンク色の乳首に向かって唇を下ろした。

レロレロレロ……。

グラビアアイドルの舌が、日本を代表する女優の乳首を舐め回す。するとたちまち、唾液に濡れた乳首がツンっと突起してしまった。

「あ、ああ、いや、こんなの……ダメ」

年下の女に乳首を舐めしゃぶられて感じてしまうのは、屈辱なのだろう。ゆかりは眉間に皺を寄せて身もだえる。

「うふふ、どうです。女同士だから、壺を心得ているということもあるんですよ」

「いや、こんな、ああん」

同性から執拗に乳首をしゃぶられたゆかりは、嫌がりながらも官能の嬌声をあげてのけ反ってしまった。

乳首責めだけで、ゆかりが軽い絶頂に達してしまったことを見て取った珠理亜は、いったん乳首から口を離し、指で弄りながら質問する。

「どうですか？　女に吸われても気持ちいいでしょ」

「あぁもう、調子に乗って！」

無理やりイカされたことで、なにかが吹っ切れたのだろう。ゆかりは珠理亜の両肩に手をかけて、身を起こした。

女優というのは、美しい外見とは裏腹に、中身は極めて男っぽいとよく言われる。ライバルたちを押しのけでもしないと仕事を勝ち取れないのだから、しとやかなだけではやっていけないのだ。

負けん気を刺激されたゆかりは、珠理亜のミニTシャツに手をかける。

「ほら、あなたも脱ぎなさい」

「は〜い」

怒るゆかりとは対照的に、珠理亜は抵抗しなかった。

率先して万歳をしたので、あっさりとTシャツを奪われる。

中から女子高生らしい淡いピンクのパステルカラーのブラジャーがあらわとなる。

そのブラジャーを奪い取ったところで、ゆかりは目を剝いて絶句した。

「っ!?」

大きいのだ。

残念ながら、ゆかりの乳房よりも一回りも二回りも大きい。

さすがには人気のグラビアアイドルである。

乳房が大きいだけでなく、形も素晴らしい。

気後《おく》れしているゆかりに向かって、珠理亜は両手をあげて腋の下をさらしながら詰め寄る。

「どうですか？　あたしの体、これからも芸能界でやっていけますかね」

「……さぁ、売れるか売れないかはスタイルとは別問題だから、わからないわ」

これはゆかりの正直な感想であろう。

ただ、耕作の見るところ、珠理亜はドラマの主演を張れるタイプではない。

ドラマの主役というのは、単なる美男美女では務まらないのだ。観客が主人公に自己投影できなくてはいけない。その意味で、珠理亜は綺麗すぎるうえ、スタイルもよすぎる。

むしろ、男が主役のときのヒロイン。それもハードボイルドな作品のヒロインならば、枠があるかもしれない。

「でも、いいおっぱいをしているとは思う」

口角を吊り上げたゆかりはさっきのお返しとばかりに、珠理亜の乳房を手に取ると、その柔らかさを楽しんだ。

それから、珠理亜をソファに押し倒して馬乗りになると、若いピンクダイヤモンドのような乳首を口に含む。

「あん」

尊敬する先輩に乳首を舐められて、珠理亜が気持ちよさそうに喘ぐ。

「うふふ」

年下の娘を弄ぶことが楽しくなってきたらしい。ゆかりの口元や目元に微笑が浮かんでいる。

同じことを仕返しするだけではつまらないと感じたのか、ゆかりは珠理亜のデニムパンツに手をかける。

ここでも珠理亜は抵抗せずに、素直に腰を上げたので、スルスルと短パンは脱がされて、中からお洒落な淡いピンクのパステルカラーのTバックパンティがあらわとなった。

「パンツに沁みができているわよ。敏感なのね」

「だって、ゆかりお姉さまがエッチなんですもの」

「言ってなさい」

甘えてくる後輩をたしなめたゆかりは、嗜虐的な表情を作って、スタイルのよすぎる後輩の長い脚からショーツを抜き取って投げ捨てる。

中からパイパンの陰阜があらわとなった。

「……」

同性ゆえに、ゆかりは珠理亜の女性器を見ても、大して面白くもなさそうだ。

珠理亜のほうも特に恥ずかしがってはいない。

それをいいことに、ゆかりは年下のアイドルの肉裂を左右に開くと、あらわとなった膣孔に右手の中指をねじ入れた。

「はぁん」

珠理亜はたまらず嬌声をあげてのけ反る。そして、ゆかりのほうは納得顔で口を開く。

「やっぱり、あなた、男を知っているのね」

「ええ、山影のおじさまに破ってもらいました」

「現役アイドルのくせに非処女とか、ファンが泣くわよ」

先輩に処女検査をされながら、珠理亜は悪びれずに応じる。

「ちゃんとファンには処女のふりをしていますよ」

「まったく最近の若い子は……」

あきれ顔のゆかりは、陰唇から手を離して肩をすくめた。

仰向けで大股開きのまま珠理亜が懇願する。

「あたしを脱がしたんだから、ゆかりお姉さまも裸になってくださいよ」

「……いいわ」

たしかに相手を脱がせてしまった以上、自分も脱がないと不公平だと感じたのだろう。

ゆかりは自分でハーフパンツを脱ぐと、さらに黒タイツを脱ぎ、そして、赤い花柄の散りばめられたセクシーショーツを脱ぐ。

小柄だが、メリハリの利いた裸体があらわとなった尊敬する先輩の股間を、珠理亜はしげしげと観察する。

「ゆかりお姉ちゃんは、ヘアあるんですね」

ゆかりの恥丘には、指二本分の陰毛が蓄えられている。

「うん、最近じゃ、あんまり水着の仕事ないしね」

「いいな、あたしも早く丸坊主、卒業したいです」

羨ましそうな顔をする珠理亜の恥丘はパイパンである。水着になる仕事が多いため、剃っているのだ。

ゆかりにもパイパンの時期はあったのだろう。優越感に満ちた顔で応じる。

「ふっ、とうぶん無理ね。十代の間は諦めなさい」

「やっぱり」

ゆかりはがっくりと肩を落としてみせる。

「ふふ」

ゆかりの笑みが柔らかいものとなった。

どうやら、珠理亜の人懐っこさに匙《さじ》を投げて、受け入れたようだ。

それと察した珠理亜がすかさず懐《ふところ》に潜り込む。

「お互いに同時におっぱいを吸い合いませんか？」

「仕方ないわね」

二人は仲よく乳房を揉み合いながら、倒れ込んだ。

ゆかりは仰向けとなり、珠理亜はうつ伏せになるという互い違いの体勢となって相手の乳首を吸う。

長い手足に、大きな乳房、括れた腰、そして、パイパンの股間。どこをとっても若さにはちきれんばかりの美少女と、小柄だがメリハリボディの美女の体が絡み合う光景は、まるで宗教画のように美しかった。

「やれやれ」

初めはどうなることかと思ったが、どうやら仲よくなったようで安堵する。

ビーナスの化身のような女たちが楽しんでいるところに割って入るのも野暮《やぼ》だろう。

耕作は近くのソファに腰を下ろした。

その拍子に、近くのサイドテーブルの上に、先ほど珠理亜から渡された紙包を置いたことを思い出した。

（珠理亜の写真集だったか）

手持ち無沙汰な耕作は、美女と美少女によるこの世のものとは思えぬ神々《こうごう》しいレズプレイを横目にみながら、紙袋を手に取って開封する。

中からＡ４サイズの立派な装丁の本が出てきた。

「松倉珠理亜／ファースト写真集／太陽の娘」

と書かれていた。

表紙は、健康的な美少女である珠理亜の顔がアップである。

定価は千九百八十円となかなかいいお値段だ。

（珠理亜のファンは、高校生が中心だろうに、いやはや、ファンは大変だな）

写真集を包んでいたビニールを、ペーパーナイフで裂き、ページを開く。

「ふむ」

褐色の肌をした珠理亜が、肌もあらわな服装で、海辺を走ったり、笑ったりしているのびのびとした写真がいくつもある。

まさに太陽の娘だ。

世の高校生男子諸君は、珠理亜のことを理想の女性として夢見ていることだろう。

(写真だとこんなに健康的で、穢れを知らない美少女なんだけどなぁ)

写真集から顔を上げると、ソファの上の二人は、いつの間にか陰阜を猫のように舐め合っていた。

女同士のシックスナインである。

「あ、ゆかり姉さま、そこは……ああん」

「へぇ～、敏感なクリトリスだね」

どうやら感度は、珠理亜のほうがいいらしく、長い脚をピクピクと痙攣させながらもだえている。

そこに耕作は質問した。

「珠理亜、この本は何部ぐらい出回るんだ？」

「しょ、初版、はぁん、五万部……だそうです」

ということは、この高い本を五万人も買うと出版社は想定しているということだ。

(けっこうすごい数字だな。もしかして、珠理亜のやつ、実はもう売れっ子なんじゃないか?)

そんなことを考えながら写真を眺めていると、乳首が見えそうで見えない、ギリギリのものがいくつかあった。

五万人の男が、珠理亜の水着姿を堪能し、その乳房やオマ×コ、そして快感に悶えている表情を想像することだろう。

耕作はその現物を、顔を上げるだけで見ることができた。

(なんとも贅沢な光景だな)

世の青少年たちにとって憧れのオマ×コは、耕作にとってはいつでもできるお手軽なオマ×コである。

写真集には、水着に包まれた珠理亜のお尻のアップの写真があった。

顔を上げると、ちょうど珠理亜の生尻が耕作に向かって差し出されている。

肛門はもちろん、くぱっと開かれた陰唇を見ることができた。膣孔がパクパクと物欲しげに開閉して、蜜を溢れさせ、糸を引きながら滴っている。

（いやはや、こんな爽やかな美少女のオマ×コが、こんなドスケベオマ×コだと想像している者はいないだろうな）

耕作は、美しい健康的な水着写真と、実物の淫らな裸体を見比べて楽しむ。

「ゆかりお姉さま、あたし、もう我慢できません」

「まったく我慢の利かない子ね。仕方ないわね。あれ、やってみようか」

珠理亜とゆかりは、互いの陰部を舐めるのに飽きたようで、今度は互いの美脚を絡ませると、生殖器を擦り合わせた。レズプレイの定番、貝合わせである。

上がゆかり、下が珠理亜というかたちで、二つの生殖器がこすり合わされるさまが、耕作の目の前で繰り広げられた。

クチュクチュクチュクチュ……。

二種類の女蜜がこね回されて、糸引くさまが耕作の目の前で行われていた。

「ああん、ゆかりお姉さまのヌルヌルとした愛液が、入ってきます」

「表面を擦り合わせているだけなのに、意外と気持ちいい」

美女美少女は美しい胸を押しつけ合い、互いの陰部をこすり合わせていた。

「く、クリトリスが、ゆかり姉さまのクリトリスがあたしのクリトリスに当たっています」

「乳首も、乳首も合わせなさい」

「はい。あん、ゆかりお姉さまの乳首もクリトリスもコリコリで、あたし、もう」

珠理亜が切羽詰まった声を出す。

「いいわ、いっしょにいきましょう」

「はい。ゆかりお姉さま～～～!!!」

同じ男にやられ開発された美女美少女は、蟹股で抱き合ってビックンビックンと痙攣した。

「はぁ……はぁ……はぁ……」

絶頂の余韻に息を弾ませつつ珠理亜は、ともにイッたお姉さまに語りかける。

「うふふ、ゆかりお姉さまったら、イッちゃいましたね。イクときの声、すっごくかわいかったです。どうですか？　ゆかりお姉さま、女同士もいいものでしょ」

「うん、まぁ、悪くはないけど……。でも、ぼく、耕作のおち×ちんで貫いてもらわないと物足りない……」

「それはあたしもですよ」

抱き合うゆかりと珠理亜は、同時に後ろに首をひねる。

「おじさま、おじさま。ゆかりお姉さまのオマ×コはもうトロットロで準備万端ですよ。いつまでも高みの見物をしていないで、そろそろおち×ぽさまを入れてあげたらどうですか？」

「珠理亜のほうが、我慢の限界なのでしょ。オマ×コがヒクヒク動いているわよ」

「それはゆかりお姉さまもいっしょです」

互いの蜜を浴びせ合った二輪の淫花を見ながら肩をすくめた耕作は、手にしていた写真集を閉じて立ち上がる。

正直、見ているだけではもはや我慢ならなかったのだ。しかし、ここは大人の余裕を演じるところだろう。

悠然と服を脱ぐ。

しかし、逸物のほうは年甲斐もなく、臍に届かんばかりに反り返っていた。

いまなら鉄板でも貫けそうだ。

「うわ〜ギンギン。おじさまのおち×ぽさま、いつ見てもすごい」

「ごくん、いつもよりすごいかも……」

期待に声を弾ませる女たちの揶揄《やゆ》を聴きながら耕作は、彼女たちの尻の後ろに立った。

ゆかりが上でうつ伏せになり、珠理亜は下で仰向けになっている。二人の陰唇は蕩けて、濃厚な蜜が糸を引いて繋がっている。

これでは前戯などもはや不要だろう。

「それじゃ、入れさせてもらおう」

まずは上にあった少年のように引き締まった小尻を摑んだ耕作は、ゆかりの陰唇へと肉棒を進めた。

ヌプリ……と温かく柔らかい膣洞に飲み込まれる。

「あん♪」

ミミズ千匹の名器を持つ美女は、細い背筋を逸らして喘いだ。

その顔を至近距離から観察していた珠理亜が揶揄する。

「うわ、いい表情。やっぱり女はおち×ちんに勝てないですよね。ゆかりお姉さまでも例外ではないんですねぇ～」

「み、見ないで……」

セックス時の乱れた表情を見られることをたいていの女は嫌う。それを至近距離から、それも同性に見られているのだ。

女優として演技することには慣れているゆかりが、女としての素顔をさらして羞恥に身もだえていた。

(くっ、ゆかりのオマ×コ、いつも以上によく動くな)

ミミズ千匹の膣孔が、狂ったように蠢動《しゅんどう》している。

女にとってほどよい羞恥は媚薬になるということだろう。

必死に顔を隠そうとするゆかりを、珠理亜はさらにからかった。

「ドラマでは、濡れ場はもちろん、キスもNGのゆかりお姉さまのアへ顔を見られるなんて、とっても貴重な体験ですね」

「や、やめて」

「いいじゃないですか？　愛する男にやられている女は、最高に輝いていますよ」

年下の女にからかわれて、ゆかりの顔はおろか、うなじや背中、尻まで真っ赤にしてしまっている。

(いやはや、ゆかりのオマ×コは最高だが、ここは贅沢食いを楽しませてもらわないとな)

羞恥に悶えるかわいい恋人を、そのまま一気に絶頂させてしまいたいという欲望は抑えがたいものがあったが、ぐっと我慢して逸物を引き抜く。

「あん」

ゆかりが切なげな声をあげて、涎を垂らす。

その涎よりも濃厚な痴蜜の糸を引いた逸物を、そのまま下にあった珠理亜の膣孔に押し込む。

「ああん、おじさまのおち×ぽさま、いつ入れられても最高です」

体が大きいだけあって珠理亜のほうが膣孔も広い。しかし、若いせいだろう。膣内の襞のざらつきがきつい。

(相変わらずいいオマ×コしているな。このちょうど亀頭部にあたるザラザラとした感覚は犯罪的な気持ちよさだ)

若く健康で、グラビアモデル体型で、カズノコ天井の名器。そのうえ、明るくスケベでエッチ大好き。まさに愛人として、セックスを娯楽として楽しむなら最高の体だ。

「……」

快感に身もだえる年下のアイドルの顔を、ゆかりは泣きそうな目で見つめる。

「うっ、そんな恨みがましい顔で見ないでくださいよ。おじさま、あたし、フォローに回りますんで、まずはゆかりお姉さまを満足させてあげてください。このままじゃ、あたし、恨み殺されそうです」

「そうか、すまんな」

耕作としては、どちらの膣孔も甲乙つけがたい。どちらの穴にもずっと入っていたいのだが、いかんせん、男根は一本しかない。

耕作が逸物を引き抜くと、珠理亜はゆかりの体の下から抜け出した。

その間に、濡れた逸物を再び、四つん這いになっているゆかりの肉壺に入れる。

「ああん、耕作、いっぱい、いっぱい、グチュグチュしてぇ」

「まったく、ゆかりお姉さまって、おじさまのおち×ちんのことになると子供みたいですね」

あきれ顔の珠理亜は膝立ちとなって、耕作の顎に手を添えて接吻してきた。

「うん、うん、うん」

珠理亜は当たり前に舌を入れてきた。男女の舌が絡み合い、溢れ涎が顎を濡らす。

同時に耕作は、腰をリズミカルに振りつづけている。

「あん、あん、あん、あん」

獣のように四つん這いになっているゆかりを背後から犯しながら、珠理亜との接吻を楽しむ。

珠理亜は濡れた内腿を擦り合わせながら、切なげに訴える。

「うふふ、おじさま。あたし、もう我慢できない。ゆかりお姉さまには早くイッてもらっていいですか？」

「ああ」

耕作に許可をもらった珠理亜は、再びゆかりの下に潜り込んだ。

ただし、上下は逆で、顔を男女の結合部に向ける。

「ひぃあ」

ビクンと震えて、ゆかりの膣孔がいちだんと締まった。

「そ、それ、ダメ、や、やめて、感じすぎちゃう」

「どうですか？　おじさまのおち×ぽを入れられた状態で、舐められるクリトリスの快感は？　これはハーレムセックスでないと味わえない醍醐味ですよ」

珠理亜は、ゆかりの陰核をペロペロと舐めているようだ。

男根をぶち込まれた状態で舐められるクリトリス。たしかに普通のセックスでは決して味わえない快感であろう。

「ひぃ、ひぃ、ひぃ、ひぃ」

ゆかりは涙を流して、涎を噴き、ビックンビクンと小柄な肢体を痙攣させた。

「さぁ、おじさまに中出しされて、ゆかりお姉さまの本気のイキ顔を見せてくださ い」

「いや〜〜〜見ないでぇぇぇ!!!」

いかに羞恥にもだえようと、ゆかりの体は耕作の逸物によって開発済みである。激しく子宮口を突かれたら、簡単にイッてしまう。まして、珠理亜の舌での陰核舐めがプラスされているのだ。

千匹のミミズが狂ったように収縮して、肉棒に絡みついてきた。その男根を蕩《とろ》かすような絶頂痙攣に耐えられず、耕作もまた射精をする。

ドクンッ！　ドクンッ！　ドクンッ！

「ああん、来た。来ている、熱いのが、ああ、気持ちいい〜〜〜!!!」

「うわ〜さすがゆかりお姉さま、種付けされているときの表情、ゾクゾクするほどにエロいです」

この日を境に、ゆかりと珠理亜は、公私ともに仲よくなった。

＊

バラバラバラバラバラバラ……。

青い空にヘリが跳んでいる。

あたりを見渡せば、一面の南国の海。いちおう、東京ではあるが、小笠原《おがさわら》諸島の近海だ。

ホバリングを開始したヘリのドアが開くと、そこから縄梯子《なわばしご》が投げ下ろされる。

そして、ウエーブパーマのかかった栗毛色の頭髪をなびかせつつ、鮮やかな紫色のビキニを着て、その上から白いパーカーをきた美女が出てきた。

縄梯子を伝って降りてきたのは、アナウンサーの半沢冴子である。

縄梯子の先には、クルージング船が一隻あった。

甲板で海パン姿の耕作が待っている。

耕作が付き合っている女性は、なぜか有名人が多く、パパラッチなどの目を気にしなくてはならない。

そこで海上ならばいいだろうと誘ったのだ。

しかし、冴子はニュースの放送があるから遅れるということで、ヘリを手配してもらった。

「やぁ、冴子さん、お待ちしておりましたよ」

耕作が両腕を広げて出迎えると、縄梯子から手を離した冴子は胸に飛び込んできた。

「うふふ、わたくしのことなんて、もうお見限りかと思っていましたわ」

「なんで、ぼくが冴子さんを見限るなんてことができるんですか？　こんな美女を。

いや、絶世の美女を」

耕作は、水着に包まれた冴子の大きな尻を左右から鷲掴みにしてやった。

「あん、そのわりには、ずいぶんと若い女にご執心とか」

冴子は至近距離から上目遣いに睨んでくる。

「噂は聞いていますわよ。高力ゆかり、松井珠理亜、そして」

女子アナというのは伊達ではないらしく、耕作の女性関係の情報は耳に入っているらしい。

「新田加奈子とやっちゃったでしょ」

たしかに加奈子とは、週に一回間隔で濃厚なセックスを楽しんでいる。

加奈子が、これをしないと欲求不満で、スケートの練習に身が入らないというのだから仕方がない。

とはいえ、オリンピックの金メダリスト候補と特別な関係になっているのは、なんとなくばつが悪い。

耕作は乾いた笑顔で、なんとかごまかす。

「あはは、嫉妬しているんですか？」

「それはしますわよ。わたくし、山影さんに本気で惚れているんですもの」

すねた顔をしてくる冴子の赤いルージュの塗られた唇を、耕作の唇が奪う。

「うん、うん……ふむ」

接吻でごまかそうとする男の狡《ずる》さに気づきながらも冴子は、積極的に舌を絡ませ、唾液を交換してくる。さらにしなやかな手が耕作の下半身に伸びて、海水パンツの上から逸物をしごいてくる。

耕作も負けずに、冴子の水着のパンツの上から肉溝を撫でてやった。

「あぁ〜」

恍惚の吐息をあげて冴子がのけ反ったところで接吻が外れた。そのトロリと潤んだ瞳をしている冴子の耳元で、耕作は優しく囁く。

「不要な心配ですよ。ぼくも歳ですからね。若い女の相手は疲れます。冴子はぼくにとって特別ですよ」

「うふふ、お上手ですわね」

耕作の胸から離れた冴子は、ヘリが見えなくなったのを確認してから、羽織っていたパーカーを脱ぎ、そしてパープルのビキニ水着まで脱ぎだした。

白い大きな乳房、引き締まった腹部、そして、柔らかく盛り上がった臀部。若さに任せた美しさではない。高級フィットネスに通い、手入れに怠《おこた》りがないからこそありえる美体だ。

三十四歳の食べごろ犯しごろの、極上の裸体を惜しげもなくさらした冴子は、豊かな陰毛を潮風になびかせながら、両腕を広げて伸びをする。

「あ〜〜〜、気持ちいい〜、外で素っ裸になったのは初めてだわ」

「はは、大胆ですね」

「一度やってみたかったのよ」

素っ裸となった冴子は、耕作の手を引いて甲板を歩く。

「若さしかとりえのない小娘たちよりも、わたくしとのセックスのほうがよっぽど気持ちいいですわよ。そのことをいまから証明して差し上げますわ」

「あはは、冴子とのセックスが素晴らしいということはもう十分に知っていますけどね」

苦笑しながらも耕作は、冴子の腕に曳かれて歩く。

「さぁ、ここでお願いするわ」

船の先端に立った冴子は、柵を両手で持ちながら尻を突き出してきた。

「なるほど、昔、ヒットした映画のようなシチュエーションですね」

世界的な大ヒット映画であるから、むろん、セックスシーンはなかった。しかし、それを暗喩するそのシーンは有名だ。

冴子がやりたがっていることを察した耕作は、左右の腋の下から手を回して、白く大きな大福のような双乳を揉む。

モミモミモミ……。

大きな乳房は柔らかく弾力があり、なんとも揉みごたえがある。

さらに勃起した耕作の逸物が、白い尻の谷間に挟まった。そこで存在を誇示するように上下してやる。

「ああん、焦《じ》らさないで。ここのところご無沙汰だったから、わたくし、すっごく溜まっているのよ」

「それは失礼しました」

自分の女を欲求不満にしておくなど、男としての恥である。

そう感じた耕作は、いきり立つ逸物を、熟れた食べごろの膣孔に押し込む。

「ああん」

ヌルリ……と入った冴子の膣孔は、まさに熟れごろ食べごろの果実のようである。

熟しきった桃の中に入れたかのように、濡れた柔らかい果肉が肉棒に絡みついてくる。

「ああん、こんな野外で、カンカン照りの太陽の下、潮風を浴びながら、セックスするなんて、すごい解放感だわ」

「喜んでもらえてよかった」

耕作は乳房を揉みしだきながら、腰をリズミカルに振るった。

「あん、あん、あん……いい、これいい、最高♪」

船の先端だから、紺碧《こんぺき》の海を大パノラマで楽しめる。

一般人では決して味わえないシチュエーションでのセックスを、冴子は堪能していた。

「冴子、そろそろ」

「いいわ、来てっ、来てっ、来てぇぇぇ～～～♪」

冴子のご要望に応えて、耕作は逸物を思いっきり押し込み、子宮口に亀頭部をはめた状態で欲望を解放した。

ドクンッ！　ドクンッ！　ドクンッ！

「ああ、ああ、ああ～」

愛しい男に種付けされる、牝としての根源的な喜びに冴子は恍惚となる。

膣内射精が終わると、冴子は即座にしゃがみ込み、M字開脚になりながら両手で耕作の尻を抱き、愛液と精液に穢れた半萎えの逸物を口に含んだ。

「こらこら……」

耕作は四十男である。十代の無限の性欲がある年ごろではない。

少し休憩させてほしいと耕作は止めようとするが、冴子は委細かまわず、濃厚なお掃除フェラをしてくる。

冴子の開かれた膝の狭間からは、トローと白濁液が溢れて、甲板を汚していた。

やがて美女の情熱は正しく報われて、その口内で逸物は大きくなっていく。それを喉奥で味わいつつ、慎重に吐き出した冴子は、勃起した逸物を手にしながらドヤ顔で見上げてくる。

「大きくなったわ」

「はは、冴子にはかないませんね」

苦笑いする耕作を眼下で、逸物を両手に抱いた冴子は、裏筋にチュッと接吻する。

「わたくし、このおち×ちんに完全に惚れているの。あなたが若い女の中に入っているとき、どれだけヤキモキさせられたことか」

「それじゃ、もう一戦といきますか」

耕作が改めて冴子を抱き寄せようとすると、案に反して止められた。

「あ、待って。わたくし山影さんにすべてを捧げる覚悟ですわ。とはいえ、尻の青い小娘たちとは違って、処女を捧げることはできません。ですが、アナルはまだ処女ですのよ。山影さんさえお望みなら、わたくしのアナルの処女を捧げさせてください」

「アナルですか？」

アナルに入れたいという願望を特に持っていなかった耕作は戸惑う。

冴子は決然とした表情で頷いた。

「ええ、わたくし、山影さんになら、アナルを掘られてもいいわ。いえ、掘られたいの」

「わかりました。冴子がそこまで言うのなら、入れさせてもらいましょう」

「ありがとう」

耕作が頷くと、冴子はその場でいそいそと四つん這いになり、白く大きな尻を差し出してきた。

そして、自ら両手を後ろに回して、白く肉感たっぷりの尻を開く。

太陽の光を浴びて、肛門がぱっちりと浮き出る。

「これが冴子の肛門ですか。陽の光の中で見たのは初めてだね」

「は、恥ずかしい。そんなに見ないで……」

「大丈夫、冴子は肛門まで美人だよ」

耕作のフォローに、冴子は耳まで赤くなる。

「なんですか？　肛門が美人って……」

「ほら、皺の一本一本まで美人だ」

耕作は右手の人差し指の腹を、冴子の肛門に添えると、皺をなぞる。

「ああ、やっぱり、アナルセックスはやめておきましょう。これは恥ずかしすぎる」

「今さらダメだよ。冴子から誘ってきたんですから」

逃げようとする冴子を押さえつけて、耕作は尻の谷間に顔を入れた。

両頬に柔らかい肉を感じつつ、肛門に舌を添える。

「ひぃ、な、なにをっ!?」

「なにって、入れる前に柔らかくしておかないと、大事な冴子の体に傷がついてしまうだろ」

「そ、そうね」

動揺しながらも冴子は、肛門を舐められる行為を受け入れることにしたようだ。

ペロペロペロ……。

しばしの間、肛門を舐めた耕作は、確認のために右手の親指を添えて押してみた。

ヌムっと沈んだ。

「はぁん!?」

「よし、これなら、入れられそうだ。いくぞ」

「は、はい」

頬を染めて恥じ入っている冴子の尻を摑んだ耕作は、彼女の奮闘によって再勃起させてもらった逸物の先端を肛門に添えた。

「息を吐いていたほうがいい」

「わかったわ、ふぅ」

息を吐いた状態なら、踏ん張ることができないので入れやすいのではないか、と耕作は推測したのだ。

それが正しかったのかどうか、いまひとつ自信はないが、とにかく亀頭部を押し入れた。

ズブ！　ズブズブズブ……。

「こ、これはっ!?　うほほほぁぁぁぁぁ!!!」

肛門というのは入口が閉まるだけで、中は意外と広い。そのため亀頭部さえ入ってしまえば、あとは一気に根元まで押し込むことができた。

その衝撃に、上品な知的美人であった冴子が、なんとも気の抜けた嬌声をあげる。

「こ、これ、ヤバイ、ヤバイわ、ああ」

「どんな感じだい？」

「か、体の心棒が抜けたというか、ああ、体から力が入らないの〜〜〜。ああ、見ないで、恥ずかしい。恥ずかしすぎるぅ」

白かった全身の肌を桃色に染めた冴子は、尻を高く掲げた状態で甲板に接吻していた。目元から涙を流して、半開きの紅唇からは涎を溢れさせている。

「なるほど」

耕作がアナルセックスをしたのは、これが初めてだ。

結論として、逸物にくる刺激は膣孔に入れるよりも、気持ちいいものではない。冴子にしても、膣孔に入れられたときのほうが気持ちよさそうだ。

しかし、その羞恥にもだえる姿は、一見の価値があった。

(アナルセックスというのは、女性の羞恥にもだえるさまを楽しむものなのかもしれないな)

想像するしかないが、肛門に逸物を入れられるというのは、たとえれば浣腸をされているような感覚なのだろう。

人間誰しも、人前で排泄することには強い抵抗を覚える。肛門に異物を入れられるという行為は、それを強制的に体験させられるようなものだ。好きな男の前で味わう排便感覚。まして、社会的な地位のある女であれば、その羞恥はよりいっそう激しいものになるのではないか？

そう考えた耕作は、より冴子を辱《はずかし》めることを思いつく。すなわち、肛門に逸物を入れたまま、仰向けになったのだ。

「あああ」

燦燦と降り注ぐ太陽に向かって冴子は、両足をM字開脚していた。

全国のお茶の間で、知的なキャスターとして知られている女子アナが、肛門を犯されたまま、濡れた陰阜を太陽にさらして、意味不明な怪声をあげてしまう。

女は時として、羞恥が快感となる生き物らしい。

「恥ずかしい。恥ずかしすぎる。こんな姿を誰か見られたら、わたくし、死んでしまうわ」

自分の積み上げてきたものをすべて投げ捨てた冴子は、ただの牝としての本能的な快感に酩酊《めいてい》していた。

その耳にありえない声が聞こえてくる。

「うわ、オバサン、必死すぎて痛い」

「えっ⁉」

眩しい太陽の光をバックに、モデル体型の若い美人が見下ろしていた。

「ええ、これはさすがにヒク」

同じく太陽の光をバックにして、小柄な短髪の美女が呆れた声を出す。

冴子は自分の痴態を見下ろす女二人を、目を白黒させながら見やる。

「あなたたちは……高力ゆかりと松倉珠理亜？」

「ご名答〜〜」

珠理亜が陽気に答える。

「人気の女子アナも、おじさまの肉奴隷だったんですね。さすがです」

「いや、キミたちが引き合わせろといったんだよ」

耕作の恋人として、すっかり意気投合したゆかりと珠理亜は、ほかにも恋人がいるなら会いたいとしつこく要望してきたのだ。

本当はクルーザーに乗る前に三人を引き合わせるつもりだったのだが、冴子が遅れたので、なにやら妙なことになってしまった。

「別に恥ずかしがることはないよ。ぼくたちも耕作の肉便器だし」

ゆかりの答えに、珠理亜も頷く。

「そうそう、楽しければいいじゃん」

ゆかりと珠理亜は、冴子の乳首をそれぞれ口にした。

「あああ」

肛門を掘られた状態で、左右の乳首を同時に吸われるという、尋常では決して味わえない快楽に冴子は白目を剝いた。

「うわ、知性派美人も、こうなっちゃうとただの痴女ですね」

「まぁ、ぼくたちも同じようなものだけどね」

ゆかりと珠理亜は、協力して冴子の体に愛撫した。乳房だけでは飽き足らず、陰唇に口づけをして、二人で交互に舐める。

そして、膣孔に口づけすると、中身を一気に吸い上げた。

ジュルジュルジュルジュル……。

「ひぃぃぃぃ、やめてぇぇぇぇぇ。わたくしが、わたくしが、山影さんからもらった子種よ。吸い取らないでぇぇ!!!」

ビクンビクンビクンビクン
熟れごろ食べごろの体の感度は抜群にいい。肛門を男根で串刺しにされたまま、小娘たちに弄ばれて、何度も絶頂を繰り返す。

「ああ、もう、らめぇぇぇぇぇぇ」

太平洋に浮かんだクルーザーの甲板で、燦々と太陽光を浴びながら冴子は盛大に失禁してしまった。

第六章　超一流の女たちと超一流のＳＥＸ

「わ～、これがオリンピック会場かぁ～」

北欧にあるスケート会場にて、日本を代表する女優・高力ゆかりは興味深そうに辺りを見渡していた。

今日は、冬季オリンピックの最終日にして、花形である女子フィギュアスケートの決勝が行われる。

耕作が、ゆかりをデートに誘ったのだ。二人はいつものようにプライベートジェット機でやってきた。

交際を秘密にしていたのだが、いつしか世間に知れ渡ってしまったようである。

とはいえ、ゆかりも二十七歳ということで、世間には好意的に受け取られていた。

もちろん、やっかみもあって叩く人間もいるようだが、日本のマスコミというのは、叩いて大丈夫な人しか叩かない。個人で誹謗中傷する者がいようとも、大手マスコミがこぞって煽らなければ、それほど悪影響は出ないものだ。

ゆかりの傍らに座っていた耕作が応じる。

「ゆかりが、新田加奈了のファンだと言っていたからね」

「うん、大ファン。ありがとう」

感激の表情を作ったゆかりは、耕作の首に抱きつき、右頬にちゅっとキスをしてきた。

「こらこら」

耕作は周りの目を気にして慌てるが、欧米ではこの程度のスキンシップは珍しくもないらしく、誰も気にもとめていない。

スケートリンクには、さまざまな選手が登場して、煌《きら》びやかな演技を披露している。

ゆかりはまったく英語がわからないこともあって、会場のアナウンスもわからず、選手の情報を得るために、スマホを起動させていた。

「さて、残りはあと三人。現在の得点は……」

液晶画面の中で真面目な顔して話しているのは、女子アナの半沢冴子だ。

オリンピックなのだから、当然、全世界に向けて中継されている。現地から日本に向けて放送するリポーター役を、冴子が射止めたのだ。

「しかし、冴子さん、こうやって見ると知性派美人。ジ・アナウンサーって感じだねぇ」

ゆかりの感想を、耕作がたしなめる。

「そりゃ、オリンピックの現地取材を任されるくらいだぞ。日本を代表するアナウンサーだ」

ゆかりはペロッと舌を出す。

「いや、冴子さんって、いつも耕作にやられて、トロットロになっている表情ばかり印象に残っちゃってて」

「はは」

あのクルーザーの一件のあと、冴子はすっかり開き直ってしまったようだ。耕作と他の女たちのセックスに積極的に参加して、痴女ぶりをいかんなく披露している。

そんな私的な顔からは想像できない真面目な顔で、冴子はアナウンスを続ける。

「では、上位三人の演技を前に、日本のアイドルグループ東京二見坂47、チームMの歌と踊りをお楽しみください」

会場の照明が消えた。

どんなにいいスケートリンクであろうと、スケート靴の刃で飛んだり跳ねたりされては、大きく削られる。

上位陣に最高のコンデションで演技してもらうために、氷の整備が行われるのだ。

その間のエキシビションとして、日本のアイドルグループであるチームMが呼ばれていた。

会場の一角にスポットライトがあてられる。

そこに白いヘッドドレスに、ピンクのミニスカートのワンピース、そして、フリル付きのエプロン。いわゆるメイド服を着た三人組がポーズを決めて立っていた。

チームMの三人組だ。中央に松倉珠理亜が立ち、左右に佐藤蜜柑と岸原みなみを従えている。

「うわ〜!!!」

リーダーの珠理亜はデッキブラシを持ち、声優アイドル志望の蜜柑はモップ、アナウンサー志望のみなみはハタキを持っている。

なぜメイド服なのか、なぜ家庭掃除道具を持っているのかは、耕作にはよくわからない。

しかし、その愛らしい姿を見て、観衆は大喜びである。

「チーム・マドンナ、いくわよ」

珠理亜の景気のいい掛け声とともに、軽快な音楽が流れはじめ、三人は、デッキブラシ、モップ、ハタキを振り回し、短いスカートをヒラヒラさせてパンチラしながら、歌って踊って笑顔を振り撒いて、会場を大いに沸かせる。

「耕作が彼女たちのために手を回してあげたの？」

ゆかりの質問に、耕作は肩を竦めた。

「まさか、ぼくにそんな力はないよ。彼女たちの実力で勝ち取ったんだ。こんな大舞台に呼ばれるほどの人気を獲得するなんて大したものだよ」

「ほんとだね」

ゆかりと珠理亜が共演したテレビドラマの評判はよかったようである。それ以降、私的な交流を持つようになったようだ。まるで、本当の妹の晴れ姿を見るかのように誇らしそうな、それでいて心配そうな、複雑な表情で、エキシビションを見守る。

「みんな、ありがとう!!!」

一曲終わったところで、会場全体の照明がつき、チームMの面々は手を振りながら会場から消える。裏方のみなさんによるリンク調整が終わったのだろう。

観客の視線は、自然とリンクに戻る。

氷面はピッカピカの鏡のように磨き上げられていた。

「さぁ、お待ちかね。ここから予選上位三人による演技が開始されます」

冴子のアナウンスに従って、まずは予選第三位、そして、第二位の選手が演技を披露する。

SPでは、上位三人が全員六十六点台にのせ、一点差内に三人が並ぶ大混戦だ。このフリーの演技次第で誰が優勝してもおかしくない。

「うわ、二人とも完璧だね。新田さん大丈夫かな」

ゆかりが感嘆するほどに、二位選手、三位選手ともに見事な演技を披露してみせた。

しかし、二人とも最高得点はつけられていない。

最後に大物が控えていることを、審査員たちも知っているからわざと余裕を残しているのだ。

つまり、加奈子もまた最高の演技をすれば、当たり前のように二人よりよい点が付くことになる。

しかし、あからさま失敗をしたら、一気に順位が落ちることになるだろう。

「新田さん、大丈夫かな……」

「まぁ、これればかりは、本人しだいだからね」

予選二位の選手が演技しているとき、スケートリンクのそばに、スカイブルーの華やかなフィギュア衣装に身を包んだ加奈子が姿を現す。

「……」

濃い化粧だが、集中しているのがわかる顔だ。同時に緊張しているのも見て取れる。

加奈子の視線が、観客席をひと撫でし、観客席の耕作を捉えた。

視線が正対したのを感じた耕作は、大きく一つ頷いてやる。

それを受けて加奈子は、ニッコリと笑顔を返した。

そして、会場のアナウンスと同時に、ゆかりの持つスマホの中でも冴子が声を張り上げる。

「さあ、お待ちかね。日本代表新田加奈子の登場です」

優勝候補筆頭の登場に、会場は割れんばかりの拍手に包まれる。

まさに女王の降臨だ。

万雷の声援のなか、加奈子はリンクに優雅に滑り出した。

日本の伝統音楽、笙《しょう》の音に合わせて、加奈子は滑走。そして、長い手足を伸ばして妖艶に舞う。

「うわ、新田さん、今日も綺麗～」

ゆかりもまた目をハート形にして溜め息をつく。

加奈子の体は、まるで大河の上を飛ぶ燕のように淀みなく滑る。

「トリプルルッツ、決まったぁ」

冴子は興奮を隠しきれない声で叫んでいる。

「ここでイナバウアー。美しい。さぁいよいよ、最後の大ジャンプ。ここでトリプルアクセルが決まれば……」

クルクルクルクルクル……。

氷を蹴って舞い上がった加奈子の体は独楽《こま》のように回転する。耕作の動体視力では何回転したかまったくわからない。そして、右足を後ろに蹴り上げて抜けるように氷面に着地する。

「決まったぁぁぁぁぁ!!!」

ふだんの大人びた冴子からは考えられない、感情むき出しの絶叫だった。

そして、音楽は止まり、加奈子の体もリンクの中央で見得を切って止まる。

まさに、圧巻の演技だった。

「うわぁぁぁぁぁぁぁ!!!」

会場中から津波の如き雄叫びがあがり、スタンディングオベーションが起こった。

もちろん、耕作とゆかりも立ち上がり、手が痛くなるほどの拍手をする。

「これは優勝だね」

「うん、金メダルしか考えられない」

耕作の感想を、ゆかりも全面的に肯定した。

演技を終えた加奈子は、リンクから出てコーチのもとに向かう。コーチと抱擁した
加奈子は、点数の発表を待つ。

誰もが優勝は決まったとわかっていても、固唾《かたず》を飲んで、その瞬間を見守った。

息詰まる緊張のなか、電光掲示板に数字が並ぶ。

芸術点、演技点ともに最高得点であった。

「新田加奈子、自己最高得点です。優勝です!!!　日本の新田、やりました!!!」

スマホの中で冴子は涙声で絶叫し、加奈子は涙を流して喜んでいる。

耕作とゆかりも人目を憚らず抱き合って、飛び跳ねながら喜びを爆発させた。

＊

「いや〜、よかったね〜」

試合が終わると、いまだに興奮しているゆかりとともにホテルに帰った。

日本でホテルを取るときは、常に最上級ホテルのスイートルームを取っている耕作だが、ここではそうもいかない。

なにせ冬季オリンピックの開催されている会場だ。世界中の金持ちが見学にきている。資産一千億円程度では太刀打ちできない資産家がゴロゴロしていた。

ちなみに一千億円以上の資産を持つビリオネアと呼ばれる富裕層は、世界に二千二百人ぐらいいる。

日本だけで二十六人だ。もっとも多いのは言うまでもなくアメリカで六百人以上いる。

そのアメリカのお金持ち上位五十人の合計資産額は、二兆ドルを超えるという。彼らに比べたら、耕作の持つ資産など鼻で笑う金額だ。

最上級の部屋は、それら大富豪に取られてしまったから、耕作が取れた部屋はいささか格落ちだった。

とはいえ、その階を貸し切っている。無駄遣いをするつもりはないのだが、出入りする女たちのことを考えると、できるだけ機密を守る必要があったのだ。

オリンピック期間中ということで、なかなかぼった食った料金を取られた。

「お待ちしておりました。ご主人様」

部屋に入ると、三人のメイドが出迎えた。

松井珠理亜と佐藤蜜柑と岸原みなみ、日本が世界に誇るアイドルグループ東京二見坂47、チームMの面々である。

今でこそ実力派アイドルと呼ばれているが、もともとは耕作に枕営業したことで出世の糸口を作ったこともあって、耕作とは特別な関係だ。

いままさに売れっ子アイドルゆえに恋人は作らない。その代わり、性欲は耕作相手に発散することは、事務所も認めている。

「キミたち、その恰好のまま来たのかい?」

いささか呆れる耕作に、アナウンサー志望のみなみが、クールな顔にかかった眼鏡の弦《つる》を持ち上げながらのたまう。

「たまにはこういう趣向も面白いかと思いまして」

声優志望の蜜柑は、小首を傾げながら愛らしい声で媚びてくる。

「メイド服はお嫌いでしたか?」

リーダーの珠理亜が、不安そうに質問してくる。

「おじさまの好みではないというなら、すぐに脱ぎますけど……」

耕作は改めて三人のメイド姿を見る。

グラビアモデル系美人と、知的なクールビューティと、ぶりっ子可愛い系と、三人のタイプは違うが、十代の売れっ子アイドルたちだ。どんな恰好をしても似合う。まして、このメイド姿で日本はおろか、世界を魅了しているのだ。

しかし、四十男が素直にかわいいと口にすることは、いささか照れを感じる。

「いや、嫌いではないな……」

にやけそうになる顔の筋肉をなんとか引き締めた耕作の答えに、三人娘は弾けるような笑顔になる。

「……だと思いました」

どうも耕作の顔の筋肉は、本人の意思どおりに機能しなかったようだ。

耕作を喜ばせることが大好きな三人組アイドルは、今度は自《みずか》らのメイド服の胸元のブラウスに指をかけると、ぐいっと引き下ろした。

みなブラシャーを付けていなかったようで、いきなり生乳があらわとなる。

大きさの順番は、蜜柑、珠理亜、みなみだ。ただし、いずれも形がよく、乳首も綺麗なピンク色である。

乳房を丸出しにした三人のメイドたちは、さらに耕作に向かっていっせいにミニスカートをたくし上げてみせた。

「それじゃ、ご主人様。まずはお風呂にします、食事にします、それとも、わ・た・し・た・ち？」

珠理亜のパンティは白、蜜柑は黄色、みなみは水色だった。いずれもふんだんなレースが付いている。

ちなみに、三人とも白いガーターベルトの下に、パンティを履いていた。

用を足す利便性を考えると、ガーターベルトの上に下着を履くほうがよいが、ガーターベルトを見せつけるために、あえて下に履いているのだ。

「……っ」

耕作は息を飲んでしまった。

超有名なアイドルが、メイド服で双乳をさらし、スカートをめくってパンティを見せているのだ。

まさに男の夢を現実に具現化したかのような光景である。しかし、大人として、小娘たちに侮《あなど》られるのは避けたい。

どう反応していいかわからず硬直する耕作の傍らで、ゆかりは手を叩いて大喜びしている。

「あはは、三人ともエロ～い♪」

ゆかりと珠理亜が、テレビドラマで共演したのがきっかけで、ゆかりとチームMの面々が仕事をいっしょにすることも多くなったらしく、すっかり気の置けない関係になっているようだ。

悪乗りしたゆかりは、耕作の腕に肘を押し当てて促してきた。

「ほら、ご主人様、ここはエロメイドたちに命令してあげないと」

耕作はなんとか表情を引き締めて応じる。

「そうだな。まずはそのいやらしい体でご奉仕してもらおうか」

「はぁ～い、承《うけたまわ》りました。ご主人様。こちらへどうぞ」

キャッキャと跳ねるようにして耕作を取り囲んだエロメイドたちは、リビングへと移動した。

明るく広々とした空間には、足首が埋まるほどの絨毯、壁には彩り豊かなタペストリー、要所に置かれた花瓶には絢爛たる花々が活けられ、精緻な彫刻の入った重厚なテーブルと丁寧になめされた革を使った椅子があった。大きな窓からは、緑豊かな絶景を楽しめる。

どうやら三人とも、メイドごっこに興《きょう》じるつもりらしく、まるで本物のメイドであるかのように甲斐がいしく耕作の服を脱がす。

下着まで脱がされたが、いまさら裸を見られたからといって問題のある女は、この場にはない。

逸物はまだ大きくなっていなかった。

「ご主人様、こちらでおくつろぎください」

蜜柑は、部屋の中央にあった大きなテーブルの前の椅子を引いて促す。

耕作が腰を下ろすと、部屋にあった棚からみなみが酒瓶を取り出してきた。

「お酒はウイスキーですよね」

「ああ」

耕作の好みを知っているみなみは、ワンフィンガーで作った水割りをテーブルの上に置いた。

珠理亜は、酒のツマミとして、ナッツの入った皿を持ってくる。

「ありがとう」

耕作はウイスキーグラスを右手に持って口に運ぶ。

北欧のウイスキーらしい力強い味わいだ。

その耕作の周りに三人のメイドが跪《ひざまず》いた。

耕作の右手にみなみ、正面に珠理亜、左手に蜜柑である。三人は耕作の小さな逸物を手にとって弄ぶ。

三人とも耕作の逸物の扱いは心得ている。

キャッキャッといいながら弄り倒し、ついには肉棒を珠理亜が、右の睾丸をみなみが、左の睾丸を蜜柑が口に含んだ。

「っ!?」

華やかな美少女たちによって、男の急所は三方向に吸引された。

三種類の唾液の海で泳がされた逸物は、たちまち大きくなってしまう。

「はぁ、おじさまのおち×ちん、いつ見てもすご〜い」

喉を突かれた珠理亜は、逸物を吐き出して感嘆の声をあげる。

「このおち×ちんに奉仕するのが、わたしたちの務めですから」

「ええ、チームMは山影さんのおち×ちんの奴隷ですからね」

三人は濡れた赤い舌を出し、珠理亜は裏筋を、蜜柑とみなみは左右から舐めてくる。

ペロリペロリペロリ……。

亀頭部を三枚の舌で、三方から舐め回されながら、耕作はゆったりとウイスキーグラスを傾ける。

（う～む、美少女三人にフェラチオをしてもらいながらウイスキーを飲む。なんとも贅沢なひとときだな）

そんな感慨にふけっている耕作の迎えの席に座ったゆかりが、ナッツを摘まみながら呆れる。

「しっかし、彼女たちをよく調教してあるわね」

「別に調教しているつもりはないんだが……」

いささか慌てる耕作に、マカデミアナッツを嚙みながら、ゆかりがジト目を向けてくる。

「知っているかな？　チームMって、全国の中高校生男子にすっごい人気らしいよ。やれ珠理亜派、蜜柑派、みなみ派に別れて壮絶な闘いを演じているんだって」

「そ、そうなのか？」

若者文化に疎い耕作は軽く目を見開いて、改めて下半身にとりついているエロメイドたちを見下ろす。

正面から逸物を舐めていた珠理亜が上目遣いに応じる。

「ファンの前ではちゃんと清純派を演じていますからご心配なく」

右側のみなみは眼鏡越しに目を動かして、クールに笑う。

「はい。でも、山影さんあってのチームMですから」

「いやいや、キミたちの実力だよ」

目を細めた耕作は三人の頭を撫でてやると、左側の蜜柑が無邪気に笑う。

「山影さんのおち×ちんはわたしたちの栄養源です。これで元気をもらわないと、ファンのみんなに喜んでもらえるパホーマンスができないよ」

誰がどう見ても、すっかり耕作の性奴隷となっているアイドルたちを見下ろしてゆかりが肩を竦める。

「全国のいたいけな男子たちは、チームMの三人は絶対に穢れを知らない処女だと信じているよ。それをこんなおち×ぽ奴隷に育てちゃって。もしファンにばれたら、耕作ってば刺されると思うな」

「はは、ぼくもそう思う」

ウイスキーを飲みながら耕作とゆかりと談笑していると、テーブルの下から珠理亜が声をかけてきた。

「おじさま。あたしたち特別な奉仕方法を思いついたんです。試していいですか？」

「ああ、やってごらん」

耕作が許可を出すと、膝立ちとなったメイドたちは、自らのむき出しのおっぱいを左右から抱《かか》えた。

そして、顔を見合わせて、タイミングを計る。

「それじゃ、せ〜の」

「よいしょ」

「合体」

三人の女の子たちは自らの乳房を持ち上げて、たった一本の男根に押しつけてきた。

ムチュッ……。

「おっ」

いままで三枚の舌で舐められていても余裕であった耕作が、動揺の声をあげた。

三つの美乳によって、男根が挟まれたのだ。

すなわち、トリプルパイズリ。

三つの柔肉で肉棒を包んだ三人は、競うようにこすりつけてくる。

ズルリズルリズルリ……。

予《あらかじ》め塗られていた美少女たちの唾液が潤滑油となり、プリンプリンの柔肉によって男根がしごかれる。

このような性戯があるなどと予測していなかった耕作は、動揺してしまう。

そのさまを見て取った珠理亜が、してやったり顔で声をかけてきた。

「どうですか？　気持ちいいですか？」

「ああ、気持ちいいぞ」

耕作が頷くと、珠理亜、蜜柑、みなみの三人は歓声をあげる。

「やった〜」

三人とも耕作に喜んでもらえるのが、なによりも嬉しいといいたげだ。

「まったく、ぼくの若いころは我慢したんだけどなぁ。最近の若い子は……」

ゆかりは額《ひたい》を抑えて難しい顔をする。ややあって吹っ切れたように顔を上げた。

「あ〜、やっぱり見ているだけじゃ我慢できない。ぼくも参加する！」

叫んだゆかりは、テーブルの上を四つん這いで乗り越えると、耕作の頭を抱き、接吻をしてきた。

「う、うむ、うむ……」

ゆかりは、耕作の唇を舐め回し、さらに口唇の中に舌を入れてきた。

耕作が拒絶する理由はどこにもないので、素直に口を開き、舌を絡めてやる。

濃厚な接吻を終えたゆかりは、テーブルの端に腰をかけると、スルスルとズボンと下着を脱いだ。そして、耕作の眼前で開脚する。

「耕作、舐めて」

「まったく、ゆかりは仕方ないな」

上体を傾けた耕作は、ゆかりの陰阜に顔を埋《うず》める。

ピチャピチャピチャ……。

耕作は、いまをときめくアイドルグループ三人にトリプルパイズリをされながら、ナンバーワン女優の陰唇を味わった。

「ああ、気持ちいい♪」

テーブルに後ろ手をついたゆかりは、細い顎を上げてのけ反る。

テーブルの上で起こっていることを察したパイズリ中の三人が不満の声をあげた。

「あ～ゆかりお姉さまだけずるい～」

「わたしだって、山影さまに可愛がってもらいたいのに……」

パイズリしながら膝立ちになっているチームMの股の間では、ポタポタと床に雫が滴っていた。

若いだけあって、感度がよく濡れやすいのだ。

それと見て取った耕作は苦笑しながら、椅子から立ち上がった。

「はいはい。わかっている。寝台に移動するぞ」

「はぁ〜い」

男女五人は、続き部屋になっていた寝室に移動した。そして、全員裸となってキングサイズの寝台に乗る。

「入れてください」

四人の美女美少女が、股を開き、片足を上げ、尻を突き出すなどのポーズを取り、耕作に向かって濡れた女性器をさらしてくる。

いずれも耕作にとっては、やり慣れた女たちだ。一人一人であったなら、必ず満足させてやる自信がある。

しかし、四人同時となるとさすがに大変だ。

(どれも極上オマ×コだからな。油断すると一瞬にしてもっていかれる)

耕作は四十男である。一度射精すると再勃起するまで時間がかかる。そうなると待っている女たちが冷めてしまうだろう。そんな失礼なことはできない。

つまり、四人を満足させるまで、射精することは許されないのだ。

緊張しながらも耕作は、とりあえず横に並んだ四つの女性器に、一刺しずつしていくことにする。

「ああん」

男根に貫かれた女たちは、気持ちよさそうに喘ぐ。

(ヤバイな。どのオマ×コも、殺人的に気持ちいい)

ゆかりの膣内は、大量のミミズが飼われているかのようにグネグネと男根に絡みついてくる。

これぞ正統派名器の代表ミミズ千匹というやつだ。

珠理亜の膣洞はとにかくザラザラしていて、特に最深部の亀頭部が当たるところはブツブツしている。カズノコ天井というよりも、男殺しの鑢《やすり》のようであった。

蜜柑は湯ボボと呼ばれる、汁だくマ×コだ。

みなみは、蛸壺型。入ったら最後抜け出せなくなるかのような締めつけをしている。

「だれもかれも気持ちいいが、まずは珠理亜からイカせるぞ」

「やった〜♪」

「え〜〜〜!?」

不満の声をあげる三人の女を、耕作はなだめる。

「安心しなさい。全員、順番にやるから」

「はぁ〜い」

だだをこねても仕方がない。耕作の男根は一本しかないのだ。女たちは聞き分けた。

膝立ちとなった耕作は、珠理亜を獣のように四つん這いにして背後から犯す。いわゆる後背位だ。

耕作の背後には、蜜柑が抱きつき、自慢の巨乳を押しつけてくる。

みなみは、珠理亜の左脇に膝立ちになると、耕作の頭を抱いてキスをしてきた。

ゆかりは、珠理亜の前に四つん這いになると、顔を覗き込む。

「いつぞやのお返しで、珠理亜のイキ顔をじっくりとみておいてあげるわ」

「ああん、ゆかりお姉さまの意地悪～、ああん」

若く健康な珠理亜の感度は抜群にいい。いくら我慢しても、表情は崩れてしまう。

耕作に背後から犯されている珠理亜は、大きく口を開けて、涎を噴きながら悶絶した。

「うふふ、珠理亜ったらかわいい」

ゆかりは、妹分の唇を奪った。

＊

「うふふ、さっそくやっているわね」

耕作が四人の美女美少女と楽しんでいると、女子アナウンサーの半沢冴子が入室してきた。

室内の惨状を見ても驚かずに、むしろ、当然といった顔だ。

耕作は、みなみとの接吻を離して、口を開く。

「もう仕事はいいのか？」

「ええ。今日はもうおしまい。ああ、加奈子の演技すばらしかったわね。こんなに興奮したのはいつ以来かしら？　この昂《たかぶ》りを山影さんに沈めてもらわないと、今夜はとても寝つけないわ」

もはや我慢ならないといわんばかりに、クリーム色のスーツを脱ぎ捨てた冴子は、セクシーな下着姿で自らの胸を両手で摑み、腰をくねらせてみせた。

液晶画面の中ではお堅いアナウンサーを演じる冴子だが、耕作の前では痴女な本性を全開にする。それはいつものことだ。

しかし、唐突な吃驚の声があがった。

「半沢冴子っ!?」

そう叫んで寝台の上で直立不動の姿勢となったのは、みなみであった。

そのさまにキョトンとした顔をしながらも冴子は、小首を傾げる。

「どうしたの？　えーと、チームMの岸原みなみさんよね」

本日、オリンピック会場のエキシビションを担当したアイドルである。日本代表のアナウンサーとして現地取材していた冴子は当然、把握していた。

また、チームMの面々が耕作の恋人であることも承知していたのだろう。なんら、違和感なく受け入れていた。

しかし、みなみのほうは、どうやら冴子が耕作の恋人の一人であったことを知らなかったようだ。

冴子とみなみが顔を合わせたのは、これが初めてであったのである。

素っ裸のまま気をつけの姿勢となったみなみは、いつもの冷静沈着さはどこへやら、おどおどした舞い上がった声を出す。

「あ、あの、わたし、アナウンサー志望なんです。大学卒業したらアナウンサーになろうと思って。だから、半沢さんにすっごく憧れていて。ああ、どうしよう？　こんなところで会えるだなんて……。あ、ここにいるということは、半沢さんも、山影さんの想い人の一員だったんですね」

「想い人って……まぁ、そういうことになるわね」

照れた顔をする冴子の手を、興奮するみなみは両手で摑む。

「半沢さんと同じ男性に愛されていたなんて夢のようです。よろしかったら、わたしにご奉仕させてください」

若い子に慕われるのは悪い気がしないのだろう。得意げな笑みを浮かべた冴子は、パーマのかかった頭髪を掻き上げる。

「ふっ、仕方ないわね。お願いするわ」

素っ裸で寝台に乗った冴子は、股を開き気取ったポーズをとる。そこにみなみは顔を埋めてペロペロと舐めだす。

「ああ、半沢さんのオマ×コを舐められるだなんて感激です。わたし、半沢さんのオマ×コなら一日中だって舐められます。おしっこだって飲めます」

「い、いや、そこまでしてもらわなくても……はは」

アナルを掘られているところを、ゆかりと珠理亜にさんざんに玩具にされた経験のある冴子は、いまさら同性にクンニされることに抵抗はないようだが、その熱量には圧倒されているようだ。

＊

男一人と、女五人が入り乱れる部屋の扉が再び開き、赤と白のツートンカラーのジャージを着た女性が息を切らせて入室してきた。

胸元には黄金のメダルが燦然《さんぜん》と輝いている。

「遅くなりました」

「おっ、主役の登場だ」

珠理亜に突っ込んだまま耕作は声をあげた。

ゆかりは寝台の上で跳ね上がって歓声をあげる。

「優勝おめでとうございます」

耕作に犯されていた珠理亜も、みなみにクンニされていた冴子も、クンニしていたみなみも、耕作の背中に抱きつき巨乳を押しつけていた蜜柑も、全員淫らな作業を一時中断して、いっせいに拍手をした。

パチパチパチ……。

「あ、ありがとうございます」

いささか場違いに照れてみせる加奈子に、トロットロの珠理亜に突っ込んだまま耕作が声をかける。

「こんなところに来ていていいのかい？　取材とか大変だろう」

「はい。ですが、今夜の取材は終わりです」

「また明日、たっくさんあるだろうけどね」

みなみにクンニされている冴子が、まぜっかえす。

「はい。明日の昼にまた記者会見しなくてはなりませんが、それまでは自由時間です」

「そっか」

耕作が頷くと、加奈子はいそいそと冬季オリンピックのユニホームであるジャージを脱ぐ。

素っ裸になった加奈子は、胸元に金メダルだけをかけて、寝台に乗ってくる。

そして、耕作の鼻先に金メダルを翳《かざ》してみせた。

「山影さんのおかげで取れました」

「いや、キミの努力の賜物だよ。よく頑張ったね」

耕作は右手を伸ばして、加奈子の頭髪を撫でてやる。加奈子は猫のように目を細めて喜ぶ。

「金メダルを取りましたし、わたしのスケート人生は終わりました。今日からはコンドームなしでお願いします」

「えっ」

驚く耕作に、加奈子は顔を近づける。

「金メダルを取ったらナマでやってくれるという約束でしたよね」

耕作は困惑しながら口を開く。

「キミがすごく魅力的な女性であることは、論を俟《ま》たない。しかし、結婚というのは……」

耕作は辺りを見渡す。

チームMの面々はまだ若いから、結婚までは意識していないと思う。しかし、ゆかりと冴子は、あきらかに耕作との結婚を意識している。

それとわかっているのに、耕作はまだ選びきれていない。

加奈子は首を横に振った。

「わたし、結婚はしなくてもいいです。ただ山影さんの子供は欲しいんです」

「結婚しないで子供だけ？」

「はい。あと……養育費は出してくれるのでしょ？」

こと金銭にかけては、耕作に問題があるはずがない。一億だろうと、二億だろうと、自分の子供を産んだ女性に払う甲斐性はあるつもりだ。

耕作と加奈子の視線が正対し、そして、耕作は頷いた。

「ああ。キミがそこまでの覚悟なら、いいだろう」

「ありがとうございます。山影さんの子種をください」

歓喜する加奈子の声を聴いて、耕作に突っ込まれていた珠理亜が場所を空けた。

珠理亜は明らかに絶頂寸前であった。ここで中断されるのはつらいであろう。耕作は驚く。

「いいのか？」

「仕方ありません。今夜は新田さんが主役でしょうから、譲りますよ」

「ありがとうございます」

先ほどまで誰が次に耕作の男根を楽しむかと揉めていた女たちであったが、加奈子の特別扱いに異議を唱《とな》えなかった。

耕作は仰向けになり、いきり立つ逸物を差し出した。

加奈子は、自ら積極的に動くのが好きな女である。

すでに女たちの愛液によって濡れ輝く逸物に、加奈子は満面の笑みを浮かべる。

「うわ、山影さんのおち×ちん。わたし、これをナマで入れてもらうのが楽しみで、スケートの練習に励みました」

「うわ、そんな理由でオリンピック金メダルって」

ゆかりがいささか呆れた声を出す。

しかし、そんなことは気にとめず、加奈子は耕作の腰の上に乗ってきた。いきり立つ逸物を右手で摑み、自らの陰唇に添える。

「では、失礼します」

「ああ、金メダルを取ったご褒美だ。好きなように楽しむといい」

「はい。ありがとうございます」

礼儀正しく一礼した加奈子は、膝を開いてゆっくりと腰を落とす。男根はヌルリと絶世の美女の股間に呑み込まれていった。

「ああ、コンドームがないと、やっぱり違いますね。ああ、おち×ちんの形をいつも以上に感じます。ああ、すっごい馴染みます。わたしのオマ×コは、山影さんのおち×ちんを入れられるためにあるんです」

感嘆の吐息をついた加奈子は、背中を大きく反らせてみせた。

決して大きくはないが、形のいい双乳が天井を向く。

スケート競技のときに魅せ技として使うイナバウアーに近い姿だ。

(くぅ～、相変わらず締まるな)

耕作の付き合っている女たちは、いずれも極上の女たちである。容姿に優れ、膣洞だって、非の打ちどころのない名器たちだ。

そんな女たちと比べても、こと締まりのよさという意味でなら、段違いの締めつけだ。そのうえ、加奈子はとにかく動く女だった。

「ああん、このおち×ちん好き、大好きなんです！　ああ、ああ、気持ちいい、山影さんのおち×ちん気持ちいい、気持ちいい」

細く長い脚を左右に開いた。余裕で百八十度を超える角度まで上がる。この股関節の柔らかさ、さすがはスケート選手といったところだ。

セックス時の体勢まで、美しい姿勢にこだわってしまうのは、フィギュアスケーターの本能といったところだろうか。

「すごい……」

自分たちでは決してできないアクロバティックな動きに、観客の女たちは魅せられる。

加奈子は跳ねるように腰を使い、逸物を咥え込んだ膣孔を起点に、グルリと三百六十度回転してみせた。

加奈子はいつも激しいセックスを好むが、オリンピックで金メダルという、人生の目標を達した夜だ。そのご褒美としての種付けセックスである。興奮が極に達しているようで、いつにもましてトランス状態で踊るように腰を使う。

「加奈子、ぼくはもう……」

その締まりのよすぎる膣洞で、激しくしごかれた耕作は悲鳴をあげた。

「あ、はい。わたしはいつでも、いつでもいいです。中に出してください。妊娠させてください」

「くっ」

会社を売却してから一年。婚活をしながらいろいろな女と情事を重ねてきたが、種付けする覚悟でのセックスは初めてだ。

(本当にいいのか。新田加奈子は、オリンピックで金メダルを取った。いわば国の宝だぞ。それを妊娠させるだなんて……。いや、加奈子を妊娠させるのはぼくだ。他の男になど渡してなるものか)

抑えがたい独占欲が湧き起こり、睾丸の中から肉棒の中を熱いマグマが駆け上がった。

「はぁ、ビクビクしているっ⁉」

アクロバティックな体位で楽しんでいた加奈子の動きが止まった。そして、子宮口に亀頭部がハマった状態で爆発する。

「ひ――――ッ、は、入って、入ってくる。くる。熱い、熱い液が、ビュービュー浴びせられている。ああ、これがナマ中出しぃぃぃ」

種付けされるという、女の本能的な喜びに、加奈子はビクンビクンと痙攣する。

「気持ちいい、最高に気持ちいいですぅぅぅ」

射精が終わり、男根の力が抜けるとそれに合わせるように、加奈子は前のめりに倒れてきた。

そして、耕作の胸の上で脱力する。

「はぁ、はぁ、はぁ……山影さんのザーメンが、オマ×コの中で溢れかえっています。この感覚。最高です」

長年の夢であったオリンピックで金メダルを取るという至福の夜、今度は愛する男に種付け射精をされる女の喜びを知り、加奈子は惚けてしまった。

「それはよかった」

膣内射精をしてしまってから、本当にこれでよかったのか、という後悔と、あのスケートの女王に種付けしたのだという優越感という相反する気分で、耕作もまた惚けた。

「こ、これが子づくりセックス……」

ゴクリ……。

周囲の女たちは生唾を飲んだ。

ゆかりにせよ、冴子にせよ、チームMの面々にせよ、みな社会的に注目されている女たちだ。耕作とのセックスは楽しんでいても、妊娠しないように最大限の注意をしていた。

それなのに、そのタブーを破る女が出たのだ。

半萎えの逸物が、加奈子の体内から抜けると、膣孔から白濁液が溢れた。

その光景を横目に、冴子は愛液と精液でドロドロになっていた半萎えの逸物を口に咥えたのだ。

「こ、こら冴子」

無限の性欲のある十代の少年ではないのだ。射精したばかりの逸物を咥えられて耕作は慌てる。

冴子は、半萎えの逸物を両手で握りしめたまま訴えてきた。

「じつはわたくしも、今回のオリンピック取材を花道に、アナウンサーを引退しようと思うんです」

「え、そんな……半沢さんなら、まだまだメインを張れますよ」

冴子を理想の女と考えるみなみが、驚いて叫ぶ。

「ありがとう。でも、わたくしやりたいことができて」

「アナウンサー以外にやりたいことですか？」

驚く人々の中で、耕作が代表して質問した。

「ええ、実は政治家に転身しようかと」

その意外な理由に、みなみは絶句する。耕作も驚いたが、頷いた。

「うん、応援するよ。しかし、政治家になってなにをやりたいんだい？」

甘栗色のウエーブパーマのかかった頭髪を整えながら、冴子は答える。

「わたくしの政治目標は、一夫多妻制の導入。側室の実現です。現在、日本および世界の先進国で起こっている少子化問題の解決にはこれしかありません。皇室のお世継ぎ問題だってこれで解決ですわ」

「おお」

力説する冴子の姿に、周りの女たちは感動の声をあげる。

手にした逸物を愛しげに撫でながら、冴子は続けた。

「ですが、法案が実現化するのはいつになるかわかりません。アナウンサーをやめて、次の総選挙があるまでの休養期間中に、わたくし、ひそかに子供を産みたいんです。お願いします。わたくしを孕《はら》ませてください」

「き、キミもかい？」

「山影さんの周りにはこんな魅力的な女性がたくさんいたのでは、わたくしと結婚してくれる可能性は低いことは承知しています。でも、いまさら山影さん以外の男の子供なんて産みたくありませんから。お願いします。子種だけください。決してご迷惑はおかけしませんから」

必死の形相《ぎょうそう》の冴子の訴えに、耕作は溜め息をつく。

「迷惑もなにも、ぼくが優柔不断なあまり、キミを追い込んでしまったようで申し訳なく思っている」

「いえ、山影さんは悪くありませんわ。一夫一妻制などという制度がおかしいのです。甲斐性のある男が、たくさんの女を侍《はべ》らせてなにが悪いのですか？」

冴子の真摯な瞳に見つめられて、耕作は圧倒される。

「わかった。キミが秘密裡に出産できる手配を整えよう」

「ありがとうございます」

かくして耕作は、今度は冴子を孕ませることになった。

耕作が上になろうとしたとき、冴子は止めた。

「わたくしが上になりますわ」

「ああ」

耕作は素直に仰向けのままで待つ。

「うふふ、新田さんに負けてられませんわね。本当の女の腰遣いというものを見せてあげますわ」

冴子もまた、加奈子と同じ騎乗位で男根を咥えこんだ。そして、腰を淫らに動かしはじめる。

「あん、あん、あん、あん」

カメラの前では知的な女を演じる冴子だが、寝台の上では淫乱痴女である。しかしながら、加奈子のようにアクロバティックな動きができるはずもない。その身体能力はあくまでも常人である。

しかし、壺を心得た動きであった。大きな乳房が揺れて、見る者を幻惑する。

加奈子のアクロバティックな動きとは違う。熟練の腰遣いに周りの女たちは、魅せられる。

そんななか、ぽぉ〜っとした顔をしていたみなみに、耕作は声をかけた。

「みなみ、いいことを教えてやろう。冴子はな、アナルも開発済みだ。チ×ポを入れられた状態で、アナルに指を入れられるととっても喜ぶぞ」

「ちょ、ちょっと」

自分を慕ってくれたファンの娘に、変態的性癖をばらされて冴子は慌てる。

「承知しました」

みなみは嬉々として冴子の背後に回り込むと、その大きな尻を開いた。そして、肛門に向かって顔を突っ込むと、ペロペロと舐めだした。

「ひぃ、そ、そこは、らめ、き、汚いわよ」

愛しい男の男根を咥え込んだまま、小娘に肛門を舐められた冴子は、得意の淫ら腰を披露できなくなり、耕作の胸の上に潰れてきた。

そのためさらされた肛門に、みなみは右手の中指を添えると、そのまま押し込んだ。

「うほっ」

愛しい男の逸物を膣洞で味わうという女にとっての至福のときに、小娘に肛門を掘られた冴子は、左右の目の大きさを変えた痴女顔で、なんとも無様《ぶざま》な悲鳴をあげた。

尊敬する人生の先輩の肛門を、みなみは興味深げに穿る。

「肛門の中の肉壁越しに、山影さんのおち×ちんの存在を感じます」

「ああ、らめ、そんな、うほ、うほ、うほほほほぉぉぉ」

膣洞からは男根、肛門からは少女の指で圧迫され、狭間の肉壁を潰された冴子はなんとも無様な恥声を張り上げる。そこには日本を代表してオリンピックの現地取材を任された知的なアナウンサーの面影はない。

「くっ」

熟れた女の膣孔が狂ったように痙攣し、その絶頂痙攣にさらされた男根は、四十男だというのに、またも射精してしまった。

ドビュ――――ッ！

「キター！　キター！　山影さんの子種ぇぇぇぇ!!!」

セックスそのものは、いつもとそう代わり映えはしないと思うのだが、種付けセックスという精神的なものだろう。冴子の反応は、いつもよりも一段も二段も上だった。

「ふぅ～」

二度目の射精を終えて大満足の耕作の耳に、不満そうな声が聞こえてきた。

「いいなぁ。耕作、ぼくにも種付けして」

それはゆかりであった。

「いや、キミの場合、さすがにまずいだろ」

スケートで金メダルを取り、これからしばしゆっくりできる加奈子や、アナウンサーを引退しようという冴子とは違う。

ゆかりは現役バリバリの売れっ子女優だ。テレビドラマ、映画とスケジュールは分刻みで決まっている。

「なんで？」

「なんでって……」

不満顔のゆかりに睨まれて、耕作は困惑する。

「耕作は、半沢さんや、新田さんを妊娠させても、ぼくは妊娠させたくないの？」

ゆかりは目元に涙をうっすらと溜めた寂しそうな顔で見つめてくる。

さすがは女優といったところだろうか。そんな表情を見せられては、男は逆らえない。

「うっ、もちろん、ゆかりにもぼくの子供を産んでもらいたい」

「なら、ぼくも妊娠させて。どうせなら、三人同時に妊娠出産したほうが、子育てとか協力できていいと思うんだよね」

「はぁ〜」

ゆかりが仕事を休んでいる間の損失は、金銭で負担すればいいだけのことだろう。

耕作は腹をくくった。

「わかった、わかった。また、今度な。日本に帰ってからやろう」

耕作はすでに二度射精している。四十男に、三連射させるなどかなりきつい。

「やだ。いまがいい！」

絶世の美女にかわいくダダをこねられて、耕作はほとほと参った。

（そういわれても、無い袖は振れな……いや、できるか）

二度射精して、もう今日は無理だと思ったのだが、絶世の美女に種付けを懇願されると、耕作の逸物は三度立ち上がった。

その光景には自分でも驚いてしまう。

「おおぉ〜、さすがおじさま、絶倫おち×ぽ」

見守っていたチームＭの面々が目を瞠《みは》って、拍手をしてくる。

「はぁ〜」

諦めの溜め息をついた耕作は、気合いを入れ直す。

「それじゃ、ゆかり、いくぞ」

「うん、耕作の子供はぼくが産む」

ゆかりを仰向けに押し倒した耕作は、三度復活した逸物を押し込んで、正常位で腰を使う。

（くぅ、ゆかりのオマ×コは何度やっても気持ちいいなぁ）

グネグネグネグネと動くミミズ千匹の気持ちよさに、耕作は酔いしれる。

（しかし、さすがに三発は無理かな……ひぃ!?）

三度立ち上がることは立ち上がったが、もはや今夜は射精できない。そう思った矢先である。

睾丸が濡れた唾液に包まれた。

「お手伝いしますわ」

珠理亜が右の睾丸を、蜜柑が左の睾丸を口に咥えていた。さらに肛門をみなみに舐められる。

（こ、これは……!?）

永遠の美少女の体内に肉棒を突っ込んだまま、いま旬のアイドルたちに睾丸と肛門を舐めしゃぶられたのだ。

（ひぃ、や、やめてくれ）

耕作は悶絶しそうになる。女の子たちの口内に包まれた睾丸の中で、精液が凄まじい速度で作られているようだ。

「耕作、ぼく、高校生のときから好きだったんだよ。だから、負けられないの。お願い、ぼくも妊娠させて」

「ゆかり……」

ゆかりの十年越しの思いを知らされて、耕作は胸が熱くなった。

そして、柔らかい肉洞の中で三度射精する。

ドクン！　ドクン！　ドクン！

「あああ、きた、きちゃった。ザーメン、きたぁぁ」

噴き出す液量こそ、前の二人のときよりも少なかったかもしれないが、耕作はゆかりの子宮口に向かって思う存分に生出しした。

「ふぅ～」

いくら極上の美女たち相手とはいえ、四十男に三連射はきつい。

射精を終えた耕作は、寝台の中央で仰向けになった。そこに珠理亜が抱きついてくる。

「山影さん、あたしたちもお願いしま～す」

蜜柑も、大きな乳房を押しつけてくる。

「こんなすごいのを目の前で見せつけられたら、もう我慢できませんよ」

「こらこら、キミたちも妊娠したいのか？」

たしなめる耕作に、みなみが首を横に振った。

「わたしたちは、さすがにいまは妊娠できません。わたしたち、いまがアイドルの旬ですから」

「ですが、いずれお願いしますね。わたしたちは山影さん専用の肉便器なんですから」

「あたしたちいまさら、おじさま以外のおち×ちんなんかじゃ、満足できません」

耕作は三人の若い娘を腕の中に抱きしめる。

「わかっている。キミたちもぼくの大事な女だ」

耕作の返事に喜んだ美少女たちは、その極上ボディをこすりつけ、男根の復活を促す。

（しかし、こんなに子供を作るんじゃ、また頑張って稼がないとな）

発情する極上の女たちに囲まれて、耕作は四十歳にして腹上死の危険を感じた。

◉新人作品**大募集**◉

マドンナメイト編集部では、意欲あふれる新人作品を常時募集しております。採用された作品は、本人通知のうえ当文庫より出版されることになります。

【応募要項】 未発表作品に限る。四〇〇字詰原稿用紙換算で三〇〇枚以上四〇〇枚以内。必ず梗概をお書き添えのうえ、名前・住所・電話番号を明記してお送り下さい。なお、採否にかかわらず原稿は返却いたしません。また、電話でのお問い合せはご遠慮下さい。

【送付先】 〒一〇一－八四〇五 東京都千代田区神田三崎町二－一八－一一 マドンナ社編集部 新人作品募集係

超一流《ちょういちりゅう》のSEX《せっくす》 僕《ぼく》の華麗《かれい》なセレブ遍歴《へんれき》

二〇二一年 二月 十日 初版発行

著者◉竹内けん【たけうち・けん】

発行◉マドンナ社
発売◉二見書房
東京都千代田区神田三崎町二－一八－一一
電話 〇三－三五一五－二三一一（代表）
郵便振替 〇〇一七〇－四－二六三九

印刷◉株式会社堀内印刷所 製本◉株式会社村上製本所 落丁・乱丁本はお取替えいたします。定価は、カバーに表示してあります。

ISBN978-4-576-21003-2 ◉ Printed in Japan ◉ ©K.Takeuchi 2021